# 雲は答えなかった

## 高級官僚 その生と死

是枝裕和

PHP文庫

○本表紙図柄＝ロゼッタ・ストーン（大英博物館蔵）
○本表紙デザイン＋紋章＝上田晃郷

# 刊行にあたって

映画にしろ小説にしろ、その作家のすべてが処女作に込められているというのはよく聞く話だ。もしその指摘が正しいのならば、僕にとってそれは映画デビュー作ではなく、明らかにこの『雲は答えなかった』ということになる。

このノンフィクションは、1991年3月12日にフジテレビの深夜に放送されたNONFIX『しかし…福祉切り捨ての時代に』というドキュメンタリー番組を基に、放送後更に取材を重ねて書いたものである。

自身の持ち込み企画を、しかも初のディレクターとして取材し60分枠という長尺の番組で放送にこぎつけるまでには数々の苦難があった。何より、このような「社会派」の題材自体を取材した経験もなく、ジャーナリズムについて大学で専門的に学んだこともない駆け出しの制作者だった僕は、恐らく当時取材というものを全く理解していなかったのだ。

今回20年以上前の文章をあらためて読み直して思い出したことがある。このノンフィクションの中心人物である山内豊徳《やまのうちとよのり》というエリート官僚の自死を巡って当時の水俣病訴訟の状況を取材したいと考えた僕は、環境庁（当時）の広報課におもむき、取材の趣旨を伝え企画書を手渡した。窓口で対応してくれた担当者は思いの外、愛想が良かった。しかし、数日後に確認の電話をした時の彼の態度は一変していた。

「取材はお断りします」

彼はそう切り出した。何故でしょうか？　と問い返した僕に彼はこう言った。

「あなたは放送局の方ではないじゃないですか。あなたのような下請けの人間の取材を受ける義務は私たちにはありませんので」

そう言って電話は切られた。重ねて放送局の報道の局員からも電話があり、「プロダクションの人間が勝手なことをしてもらっては困る」とクギを刺された。

「下請け」という言葉に環境庁の役人が意図的に侮蔑の感情を込めたのは受話器ごしにも明らかだったし、今思い出すとむしろ腸《はらわた》が煮えくり返るような強い怒りが込み上げるのだが、当時は怒りとは全く別の感情を持って僕は受話器を置いたのだった。

「そうか……僕はジャーナリストじゃないんだ」

記者クラブに所属し国民の「知る権利」をタテに取材をする集団から、能力ではなく立場や所属であらかじめ排除されているのだとしたら、果たして僕は何を根拠に取材相手にカメラやマイクを向けることが出来るのだろう。そんな青春期の悩みのような、自分の存在意義に関する根本的な自問自答を抱きながら、僕はその後の取材を進めることになったのである。何とも情けない船出であった。しかしその問いに対する答えは、思いがけず取材相手から受け取ることになった。

山内豊徳という既にこの世には存在しないひとりの人間の取材を進めていく上で、僕はどうしても彼の奥さんにインタビューをしたいと考えた。もちろん、夫を失った悲しみを言葉にしてもらう為にカメラやマイクを向けようと考えたわけではない。山内の福祉行政への真摯な取り組みを、そしてその挫折を最も彼の近くにいた妻の目線で語ってほしかったのである。

町田のご自宅を訪れ、玄関脇の畳の部屋に通された僕は、取材の趣旨などをモゴモゴと口ごもりながら自信なく話した。

（これじゃあ断られても仕方がないな……）

と、話しながら自分で半ばあきらめているような、そんな情けない状態だったと記憶している。にもかかわらず奥さんの口から出た言葉は僕の予想とは違うものだった。

「私にとっては夫の死という全く個人的な出来事ですが、彼の立場を考えると、その死には公共的な意味もあるのだろうと思います。そのことを考えると、夫の福祉への取り組みについて私が語ることを、夫は望むだろうと思います」

彼女は手元に視線を落としたまま、それでもしっかりとした意志を持って僕の取材を受け入れてくれたのだ。それがすべての始まりだった。

この時彼女が口にし、僕が取材をする根拠として示してくれた「公共」という言葉を、僕はそれから20年以上経った今も考え続けている。放送局の外で番組制作に関わるということ。これはそのことの意味を見出《みいだ》すきっかけとなった取材であり、出会いだったのだ。

人はひとりでは生きていけない以上、常にその生の一部は「公共」的なものであり、そこに個は開かれて存在している。放送というメディアや取材という行為は、まさにその公共《パブリック》という場所や時間の中で個が他者と出会い、時には衝突を繰り返しながら成熟していく為に存在している。

そこでは「権利」や「義務」といったある意味暑苦しい一方通行な言葉を使う必要はない。「放送」に限っていえば、そこに関わるということは、作る人も放送する人も出演する人も、スポンサーはお金を出すことで、視聴者も視るという行為を通して、本音はともかく他者との出会いの場として「公共圏」を成熟させ、多様な価値観と生のあり様をお互いに許容できるような、そんな社会の実現に参加する行為なのだ。その結果として物が売れる。逆ではない。

28歳の僕がそこまで考えた上で番組を放送出来たわけではもちろんない。しかし、番組も、その後に取材を重ねて出版したこのノンフィクションも、出来るだけ「社会性」というものを意識し、エリート官僚の自殺をセンセーショナルに扱うことは避けたい、という意識が働いたのは間違いない。

にもかかわらずと言うべきか、山内の自死した53歳という年齢にもう少しで手が届きそうな今この著作を読み直してみて、最も鮮やかに描写が立ち上がってくるのは「公共」に開かれた福祉を巡る部分ではなく、夫婦のあり様という全くパーソナルに属する部分であることに、驚きとともに気付かされた。この一組の夫婦がどのように出会い、共に歩み、苦悩し、別れ、そして再会したか。放送後に重ねた取材を通して、当時の僕が目の当たりにした遺された奥さんのグリーフワーク（喪の作業）。恐らくはそのグリーフワークの一環として彼女の言葉によって語られ、口述筆記のように再現された夫婦の姿。それこそがこの作品の核であろう（断っておくがこれは僕が書いたのではない。彼女のうちにあった言葉に僕は耳を傾け、手を動かしたに過ぎないのだ。これは謙遜ではない、真実である）。この想定外の事態を、ノンフィクションとしてどう評価するかは意見の分かれるところかも知れないが、間違いなくその描写が、この著作を社会派ノンフィクションというワクから良くも悪くも踏み外させている理由だろうと思う。

テーマやメッセージといった言葉で作品を語ったり、語られたりすることは好きではない。なぜならそのようなものに回収されてしまう作品は、人間そのものの描写が弱いからに他ならないのだと、いつも映画を作りながら考えているからだ。物語やテーマの為に人間がいるのではない。それは私たちの生がそうであるように、生はただ生としてそこにゴロッと転がっているのだ。そのような人間を映画の中で描きたいと思うようになったのは、もしかするとこの一冊目のノンフィクションでの一組の夫婦との出会いが、無意識のうちに僕にそうさせた遠因なのかも知れない。そう、思った。やはり、デビュー作にはすべてが込められているのである。

この『雲は答えなかった』は1992年に『しかし… ある福祉高級官僚 死への軌跡』というタイトルで、さらに2001年に『官僚はなぜ死を選んだのか 理想と現実の間で』というタイトルに変更して出版された僕の初の著作であった。

20代の頃に書いたノンフィクションが、22年経って三度《みたび》出版されるというのは著者にとっては滅多にない幸福なことだと思っている。

その実現のきっかけを作っていただいた編集の堀香織さんと、出版を決定していただいたPHP研究所の根本騎兄さんにこの場を借りて感謝を述べさせていただきたい。ありがとうございました。彼らの熱意にあと押しされて、ひとりでも多くの読者の方にこの作品が届くことを願っています。

２０１４年１月15日

映画監督　是枝裕和

# 雲は答えなかった＊目次

# 序章　遺書

1990年（平成2）12月5日午前8時30分。

環境庁長官北川石松《きたがわいしまつ》を乗せた日本航空393便は、鹿児島空港へ向けて羽田を飛び立った。北川他環境庁関係者一行の行き先は熊本県水俣市。北川は、環境庁長官としては5人目、11年ぶりに水俣病の現地視察に訪れようとしていた。

この年の9月28日、水俣病に対する国や企業の責任を問う裁判で、東京地裁から和解勧告が出された。被告である熊本県や加害者企業であるチッソが、この和解勧告を受け入れる態度を示したのに対し、国は頑なにこの勧告を拒否。患者やマスコミの非難は裁判の国側の責任者である環境庁に集中していた。北川の水俣視察は、そんな裁判の経過と世論を反映する形で急遽決定されたものである。

北川をはじめとする19名の視察団は空港で鹿児島県知事、熊本県環境公害部長らの出迎えを受けた後、車で熊本へ移動。正午に水俣湾埋立地見学、午後1時35分、水俣病患者が生活している明水園を訪問。午後3時、北川が患者代表の陳情を直接受けたあと記者会見。午後7時には、細川護熙《ほそかわもりひろ》県知事との懇談というあわただしい予定が組まれていた。

12月5日午前10時。

視察団を乗せた飛行機が鹿児島空港に着陸しようとしていたちょうどその頃、東京都町田市薬師台で環境庁のひとりの官僚が自ら命を絶った。山内豊德《やまのうちとよのり》、53歳。水俣病裁判の国側の責任者として和解拒否の弁明を続けていた企画調整局の局長であった。

山内は2階の自室で、天井の梁《はり》に電気コードを掛けて首を吊っていた。

前日まで長官の水俣視察に同行する予定だったが、12月4日昼過ぎ、「疲れているのでしばらく休みたい」と本人から役所に連絡があった。安原正《やすはらただし》事務次官と森《もり》仁美《ひとみ》官房長が相談した結果、山内の同行を取りやめ、自宅療養ということになっていたらしい。

第一発見者は知子《ともこ》夫人、48歳。発見時刻は午後2時。死亡推定時刻から4時間が経過していた。

局長自殺の報を聞いた北川は、熊本での記者会見の席上、次の様に述べた。

「信じられないとの思い。御冥福をお祈りしたい。水俣病をはじめいくつもの環境問題に心を痛められていたのだと思う」

事務次官の安原は、

「疲れているとは思っていた。いろいろ難しい問題を処理していたが、(動機については）思い当たることはない」と、環境庁で開かれた緊急記者会見の席上で語った。

企画調整局長は環境庁の中で事務次官に次ぐ庁内ナンバー2のポストである。1990年（平成2）7月10日にこのポストに就任以来、長良川河口堰問題、石垣島新空港建設問題など、環境庁がかかえる様々な問題解決のために各省庁間の調整や根回し、政治家や大臣との折衝を行ない、庁を代表してマスコミへの対応をするのが山内の役割であった。

水俣病をめぐって東京地裁から和解勧告が出された9月28日以降、筆頭局長である山内は、和解拒否の立場を弁明する国側の責任者として、患者やマスコミの批判の矢面に立たされた。10月に入り、熊本、福岡などの裁判所から次々と出された和解勧告への対応と、突然決定した北川長官の水俣視察の準備に追われ、自宅には帰れずに都内のビジネスホテルに宿泊したり、局長室のソファで仮眠をとるだけといった毎日が続いていた。

次期事務次官候補と言われていたエリート官僚の自殺を、翌12月6日の新聞は社会面トップで取り上げ、その原因について次のように言及した。

「水俣行政」の板ばさみ

救済策巡り心労重なる

和解拒否の批判重圧に
「朝日新聞」

庁内調整で板挟み？
「読売新聞」

和解勧告対応で心労？
常に批判の矢面
「日本経済新聞」

ひとり世論の矢面に
和解拒否の批判集中
心労重なり「死」を選ぶ
「産経新聞」

関係者は職務の疲れから発作的に自殺を図ったのではないかとみている
「毎日新聞」

環境庁関係者やマスコミの間では、過労と心労が重なった末の発作的な自殺という見方が強かった。

遺書は残されていたのだろうか。

「名刺の裏に『家族に感謝する』との走り書きがあった」と毎日新聞では報じられている。遺書についての報道は他紙もほぼ同様である。

机の上に置かれた名刺の裏に「お世話になりました」などと書かれていた。

「朝日新聞」

名刺の裏に家族あての走り書きがあり、「お世話になりました」などと書いてあった。

「日本経済新聞」

12月8日。

中野区の宝仙寺で関係者1200人が参列する中、告別式が行なわれた。

式では高校時代の同級生が、山内の作った一篇の詩を引用しながら弔辞を読みあげた。

遠い窓

遠い窓
私の心にある遠い窓
いつかは
この窓から外を
眺めてみようと思う
いつかは
と、淋しい言葉だが
ああ遠い窓

山内君、君は高校時代につくったこの詩を愛していて、知子さんに読んで聞かせたというではありませんか。遠い窓というのは、若かりし頃、君の心にすんでいた憧れでしょう。はたして君は死ぬ前に遠い窓に辿りついたのだろうか。その窓から外を眺めただろうか。私はそうではなかったのではないかと思います。窓の外にあったはずの安らぎ、信頼、そういったものを発見する前に逝ってしまったような気がします。山内君、君は高級官僚として、人も羨む栄達栄進の道を歩みました。けれども官僚であると同時に純粋なひとりの人間であろうとした。そのことは君の人生をとても険しいものにしたと思います。[1]

実は、環境庁がその存在を隠したために、事件直後には全く報じられなかったが、山内は家族に宛てたものの他にもう1枚遺書を残していた。

安原次官　なんともお詫びが
　できませんので
森官房長　皆様にも大へんな
　迷惑をかけて

海外出張用の名刺の裏に黒のボールペンで走り書きされたこの遺書は、家族宛てのものと並べられ、2階の自室の机の上に置かれていた。

山内は1959年(昭和34)厚生省に入省、以来いっかんして福祉の現場を歩いてきた。1966年(昭和41)には厚生省公害課に所属、当時、社会的に大きな問題となっていた公害行政のバイブルとも言うべき公害対策基本法の制定に尽力した。その後、埼玉県に福祉課長として出向、再び厚生省に戻った後も、障害福祉課長、社会局保護課長などを歴任した。厚生省時代には福祉に関する自らの考察をまとめた著書を出版するなど、福祉行政のスペシャリストとして知られた人物だった。1986年（昭和61）、環境庁に出向した後は、沖縄県石垣島白保の新空港建設問題、長良川河口堰建設問題、地球温暖化の問題など、開発か地域住民の生活か、といった困難な問題に取り組んでいた。

福祉、環境行政は企業や経済界を代弁する通産省などから常に強い圧力を受けることが宿命とされている。今回の水俣訴訟問題のように何日も泊まり込みで他省庁との折衝に奔走することなど、山内にとっては日常茶飯事だった。彼はその困難な役割を30年以上経験してきているベテランの官僚だったのである。

山内の死は発作的な自殺ではなかったのではないか。

もう1枚の遺書に記された「お詫び」と「迷惑」とは何を意味するのか。山内はなぜ53年間の人生の最期に上司へのお詫びの言葉を記さなければならなかったのか。

純粋なひとりの人間であろうとした時、その人の人生を険しいものにしてしまうという「官僚」とはどんな職業なのか。

これらの疑問に対する答えは「官僚」であることに徹しきれなかった山内豊徳というひとりの人間の53年間の中に隠されている。そしてその答えを探す行為は、今という時代にいかに福祉が存在し得るのか、そして存在し得ないのかという疑問を投げかける行為と通底している。

# 1章　記憶

山内豊徳と妻の知子は1968年（昭和43）に結婚、ふたりの娘がいた。短大を卒業してこの年から勤め始めた長女の知香子、高校3年で来春に受験をひかえていた次女の美香子のふたりである。

自宅は東京都町田市、多摩丘陵の新興住宅地薬師台にあった。小田急線町田駅からバスで15分、薬師池というバス停で降り、そこから歩いて4、5分の距離にある二階建ての木造一戸建てである。

家族4人が世田谷の公務員住宅からこの町田に引越して来たのは3年前の1987年（昭和62）3月のことだった。新居から環境庁がある霞ヶ関までは往復で3時間以上かかる。仕事一筋に生きてきた山内が、通勤には不便なこの地を終《つい》の棲《す》み家として選んだのには理由《わけ》があったようだ。

1989年6月12日、当時、環境庁自然保護局長のポストに就いていた山内は、『ザ・ケミカル』という業界紙に、『忘れられている土への親しみ』と題されたひとつのエッセイを掲載している。その中で、山内は町田のマイホームについて次のように語っていた。

東京で暮らすようになってからというもの、「土」や作物の世界は、急速に私の生活から遠ざかってしまった。学生時代はもちろん、勤めに出るようになってからも、土への関心を抱くような気分にはまるでなかったし、住まいの条件にも、畑や庭で土に親しむような環境は用意されないまま暮らしてきた。

そんな都会生活の三十数年間の「土」とのふれあいの空白が、実はいまの住まいを持ったことで、少しばかり埋められることになったのである。

町田に住むようになって三年目になるが、朝と帰りのそれぞれ二時間近い通勤の混雑には、まだすっかり慣れたともいえない。しかし、駅でバスをしばらく待っての帰宅の疲れも、家の近くのバス停で降りて数分の夜道を歩くうちに、薬でも効くようにうすれていく思いがする。

夜道には、四季それぞれの草木と土のにおいが満ちている。それは、遠い日の祖父の息づかいにさえ感じられて、少年期のやすらぎの記憶をよみがえらせながら、通勤帰りの心身をいやしてくれるのである。

しかし、山内が「やすらぎの記憶」と自ら語る少年期は、彼が語るほどにはやすらかな日々ではなかった。山内豊徳は1937年（昭和12）1月9日、父豊麿、母壽子の長男として福岡県福岡市野間に生まれている。山内家は佐賀の士族出身であり、生まれた男子には代々みな豊という字がその名に付けられた。父は職業軍人であり、豊徳はこの年の11月、当時、父の任地であった東京都中野区仲町へ母とともに移り、そこで幼少期を送っている。その後、家族は福岡へ戻り、1943年（昭和18）4月、豊德は市内の高宮国民学校に入学した。

父は家を留守にすることが多く、豊德には彼の記憶はあまり残っていない。文章を書くことの好きだった豊德の日記やエッセイの中にも父はあまり登場しない。その代わりに、山内が整理していた書類箱の中に、父の記憶に繋がる紙片が数枚大切に保管されていた。

そのひとつは昭和18年8月7日付の中國新聞の記事で、山内豊麿憲兵少佐の広島着任を知らせるものである。「贅澤は敵だよ」という見出しの横に丸眼鏡をかけ、口髭をたくわえた豊麿の顔写真と、着任にあたっての決意が記されている。

「中國地方は初めてのところでなにも分らないが、軍都といふ特殊重要地であるので市民の絶大なる援助と協力の下に軍民一體となって防諜その他の萬全を期してゆきたいと思つてゐる」

福岡の高宮小学校に現在残っている記録によれば、豊德は1943年（昭和18）4月1日、福岡市の高宮国民学校に入学、翌年の3月31日に転出している。その後、父の赴任地である広島に移り、1年後の1945年（昭和20）4月1日、再び福岡に戻っている。豊德の広島時代は不明な点が多く、詳しいことはわかっていない。本人の残したメモによれば、広島市中区の基町小学校に転入したことになっている。しかし、当時基町という名の小学校は存在していない。1944年頃、基町周辺にあった小学校は本川《ほんかわ》、袋町《ふくろまち》、白島《はくしま》、幟町《のぼりちょう》の4校であるが、いずれも豊徳が転出した4か月後に原爆の直撃を受けており、当時の記録は4校とも全く残っていなかった。

父の豊麿は1944年（昭和19）6月3日、広島から中国へ出征、豊徳は祖父母の住んでいた福岡市堀川町へ移り、ここでエッセイで語られているやすらかな少年時代を送ることになる。

出征した父は南京から福岡の豊徳へ宛ててたびたび葉書をしたためている。山内の書類箱の中にその葉書が8枚残されていた。

十一月九日附けの豊徳の御手紙見ました。ちゃうどあちらこちらに出てゐて御ぶさたしました。お父さんの病気はなほって元気で御奉公してゐますから安心して下さい。豊徳も元気で学校へ行ってゐるそうでお父さんもまけぬように勉強します。足のうみもお祖父さまのお蔭で良くなってなによりでした。はざまの小父さんにはお父さんからもお礼を出してをきませう。豊徳からも出しておきなさい。追幸七曹長殿です。お祖母さまの胸が痛まれるのは心配ですね。豊徳さんも出来るだけ加勢をしてあげて下さいね。お祖父様やお祖母様の言はれることをよく聞いて学校の先生の教へを守って勉強して下さい。お父さんも一生けんめいに勉強します。敵のひかうきも時時来ますが大したこともありません。此の間B29が撃ちおとされて米国人がつかまりました。段々寒くなりますから身体を大事にして下さい。さようなら

（昭和19年12月7日付）

敵はとう〳〵小癪にも沖縄を占領し九州にも爆弾の雨を降らして来たやうですが皆様御変り御座ゐませんか。戰争はがまんの仕合っ子です。大に勉強し大にうんどうをして立派な兵隊になって下さい。日本は必ず勝ちます。和喜子ちゃんたちはどうしてゐますか。豊武叔父さまから便りはありますか。戰争には必ず勝たねばなりません。負けた国の人々は全くみじめです。石にかぢりついても勝たねばなりません。身体を丈夫に、心をねって立派な国民になって下さい。沖縄の人々の仇を討たねばなりません。御祖父様たちによろしく。

（昭和20年8月9日付）

豊麿はこれらの葉書の中で、祖父母についてはは繰り返し触れているにもかかわらず、自分の妻であり豊徳の母である壽子についてはひと言も触れていない。日時は不明だが、壽子は豊麿が出征している間に山内家を出されている。「山内家にふさわしくない」というのがその理由だったようであるが、詳しい事情は明らかではない。豊徳は成人した後もこの母の一件に関しては口を閉ざし、決して自ら語ろうとはしなかった。

父に関して残されていた最後の紙片は彼の戦死を告げる死亡告知書だった。

陸軍憲兵中佐　山内豊麿
右昭和二十一年四月二十一日午前〇時五分中國上海第一五七兵站病院に於て戰死（膵臓壊疽兼マラリヤに因って戰病死）せられましたので通知致します

父の遺影を飾った祭壇を背景にして国民服を着た豊徳の写真が1枚残っている。当時9歳。首を右に傾ける癖のあった豊徳は、この写真でも心持ち右へ首を傾けている。その傾きが44年後、遺影として葬儀の祭壇に飾られた53歳の山内の首の傾きに重なって妙に哀しい。

豊徳が暮らした福岡市堀川町の家は昭和通りという大きな通りに面した屋敷で、家の裏に300坪ほどの畑があった。その畑で祖父や祖母が南瓜や茄子などの野菜を植えたり、ダリアやアマリリスの花畑を作っていた。夜になると、豊徳は野菜が盗まれないように祖父とふたりで声を潜めて、畑の見張りをしたりしている。

祖父の豊太は豊徳に対して非常に厳格だった。小学校の勉強を終えて帰宅した豊徳に、彼は毎日漢学の講義をした。友人達が草野球をやろうと誘いに行っても、祖父に玄関先で追い返されるといったことも多く、仲間が泥遊びをしていても、豊徳だけはそれに加わらず、傍でじっとみつめていたという。

豊徳はこの頃から読書が好きだったが、小説などを読んでいるところを祖父にみつかると、すぐに取り上げられた。しかたなく、同居していた叔母が箪笥の引き出しの着物の下に隠していた小説をひっぱり出してきては、祖父のいない時にこっそり読んだ。

このように豊太という絶対的な権力者の強い影響のもと、豊徳は山内家の豊という文字を受け継ぐ男子としての期待を一身に担いながらその少年期を過ごしている。

祖父や祖母は何かにつけて豊徳の父を引き合いに出した。早くに失ってしまった息子への愛惜の念がそうさせたのだろうが、祖父母は息子の優秀さ、素晴らしさを語って聞かせながら、その成就されなかった期待を孫に託した。豊徳の中で父の記憶は美化され、現実と遊離したイメージだけがふくらんでいった。そしてそれは、豊徳の心に、精神に、眼に見えない圧力を加えることになる。

これが後に山内が自ら〝やすらぎの記憶〟と呼んだ少年期のもうひとつの側面である。

広島から戻った豊徳は敗戦後、家の近くにあった春吉小学校に通っていた。

当時のクラス写真が1枚残っている。担任の教師を中央に、6年1組の生徒55人が校舎の出入口の前に雛壇状に並んで撮影したものだ。男の子はほとんどが坊主頭に黒か茶系の国民服、女の子はおかっぱ髪にセーターやカーディガン、セーラー服と様々だ。

生徒がみなきちんと膝の上に両手をそろえて気を付けの姿勢をとっている中で、豊徳だけが担任の教師の真似をして腕組みをしているのがひと際目立っている。胸にはふたつ星の級長バッジが輝き、やはり心持ち首は右へ傾けているが、その傾きが何か余裕に感じられてしまうほど、豊徳の表情は他の子ども達とは比較にならない程、大人びている。

このクラスには敗戦時、中国から引き揚げて来た子ども達も混じっており、本来ならば1学年上級の者も何人かいたが、その中でも豊徳は一番大人びていたという。悪い言い方をすれば子どもらしさは全くなかった。体格は小柄で痩せていたが、群を抜いて頭が良く、級友達の尊敬を集め、担任の教師も一目置く存在だったようだ。それでいて決して勉強のできない生徒を馬鹿にするようなことはなく、この頃から既に人格者の風格を漂わせていたと同級生たちは言う。

豊徳はこの小学校で、いくつかの大きな出会いを経験している。

小学校6年生の時、豊徳のクラスを受け持ったのは牧野憲親という若い教師だった。牧野は文学好きで自ら川舟という俳号を持っていた。授業の中で定期的に俳句大会を開きながら、牧野は子ども達に積極的に俳句の指導をしていく。

五月雨に　引揚船の　汽笛消え

この句はある句会で第二席に選ばれた豊徳の作品である。この作品によって、豊徳は牧野から秀山という俳号を受け、以後しばらく俳句づくりに熱中する。

この時の句会で第一席になったのは、豊徳とも親しかった森部《もりべ》正義《まさよし》だった。森部も豊徳と同じく文学好きだった。この年の秋、森部の書いた文章がある少年雑誌の文芸欄に掲載された。豊徳はこの出来事に強く刺激され、自ら詩作を始める。

牧野や森部との出会いに加えて、豊徳を文学へ傾倒させていった最も大きなものは三好達治との出会いだった。

閑雅な午前

ごらん　まだこの枯木のままの高い欅《けやき》の梢の方を
その梢の細いこまかな小枝の網目の先先にも
はやふつくらと季節のいのちは湧きあがつて
まるで息をこらして静かにしてゐる子供達の群れのやうに
そのまだ眼にもとまらぬ小さな木の芽の群衆は
お互に肱をつつきあつて言葉のない彼らの言葉で何ごとか囁きかはしてゐる
氣配
春ははやそこの芝生に落ちかかる木洩れ陽の縞目模様にもちらちらとして
淺い水には蘆《あし》の芽がすくすくと鋭い角をのぞかせた
ながく悲しみに沈んだ者にも　春は希望のかへつてくる時
新らしい勇気や空想をもつて
春はまた樂しい船出の帆布《ほぬの》を高くかかげる季節

雲雀や燕もやがて遠い國からここにかへつてきて
私たちの頭上に飛びかひ歌ふだらう
菫　蒲公英　蕨や蕗や筍や　蝶や蜂や　蛇や蜥蜴や青蛙
やがて彼らも勢揃ひして　陽炎の松明《たいまつ》をたいて押寄せてくる
ああその旺《さか》んな春の兆しは四方《よも》に現れて
眼に見えぬ霞のやうに棚引いてゐるのどかな午前
どことも知れぬ方角の　遠い遙かな空の奥でないてゐる鴉の聲も
二つなく靉靆《あいたい》として　夢のやうに　眞理のやうに
白雲を肩にまとつた小山をめぐつて聞えてくる
ああげに季節のかういふのどかな時　かういふ閑雅な午前にあつて考へる
――人生よ　ながくそこにあれ！

この詩は三好達治の『一點鐘《いってんしょう》』という詩集に収められているものだ。豊徳は国語の教科書に「しずかな午前」という題で載っていたこの詩が特に気に入り、これをきっかけに達治の世界に引き寄せられていく。

三好達治は1900年（明治33）、大阪に生まれている。6歳の時に一度京都に養子に出され、その後、兵庫の祖父母にひきとられた。少年期は全く両親と離れて育っている。8歳の時に神経を病み、死の恐怖と孤独感に悩まされ、学校を長く休んだ。その後、一度大阪の両親のもとに戻ったが、父は家業だった印刷屋が破産し、家出したまま戻らなかった。達治は東大仏文科へ進学、俳句から文学の世界へ近づいていった。

この、豊徳と似た少年期を持つひとりの詩人の影響から、彼もまた詩をつくっては少年雑誌や新聞の文芸欄に投稿を繰り返すようになる。小学校卒業直前の1949年（昭和24）3月、少年雑誌『少国民クラブ』の〝あいどくしゃ文げいらん〟に豊徳の『音』という詩が掲載された。

音

紙芝居の笛を追う子供等のげた音が
　高い秋空にひゞいていく
やがてそれがきこえなくなると
どこともしれぬ方がくからひゞいて來る
　大工の打つかなづちの音が
夏にみれんのある青桐のこずえをゆるがし

柳のかれ葉を落していく

地元福岡の進学男子校、西南学院中学に進学した豊徳は、引き続き詩の創作に打ちこむ。
中学時代の豊徳のあだ名は「牧師さん」と言った。西南学院はプロテスタント系の学校で聖書の授業があった。学校への往復、豊徳がいつも夢中になって聖書を読んでいるのを見て、友人達がそう呼ぶようになったのだと言う。

夕立ちの前

遠雷を聞く、
樹々の戦《おのの》きが耳に伝わって来る
目の前の暗雲は
無限の力をもって　視界を圧する
何ものかの示威行進のような
灰色の緊張…

けれども　おびえる木々ですら
その到来を歓待せんとする不可解な事実
やがて木立は一度大きく身ぶるいすると
観念したようにじっとしてしまった

たゞてっぺんの木の葉が
いよ〳〵近づく雷鳴に時々かすかにふるえる。

これは1951年、豊徳が中学校3年生の時の作品である。
この頃の詩には、自分は部屋の中にいて、窓から外の景色を眺めたり遠くの音に耳を澄ませたり、といったシチュエーションのものが多い。

1952年（昭和27）、地元福岡の名門、県立修猷館《しゅうゆうかん》高校へ進学した豊徳は文芸部に所属、本格的に創作に取り組み始める。

38年後、山内の告別式で弔辞を読んだのはこの修猷館高校文芸部で一緒だった伊《い》藤正孝《とうまさたか》（朝日新聞編集委員）である。伊藤が弔辞で引用した『遠い窓』という詩は、1952年（昭和27）5月26日、西日本新聞の読者文芸欄に山内遙雲のペンネームで掲載されたものである。

このペンネームからも充分うかがえるが、この頃の山内の創作の核となっているのは雲である。詩の他にも雲を題材にした文章習作の断片などが創作ノートの中に数多く見られる。それらの断片を繋ぎ合わせていくと、山内の内部で雲は父へ、父の死のイメージへ結びついていることがわかる。

此頃はよく父の死を考へる。公報を受けた当時は理由もないのに信じられなかった父の死が改めて甦って来るのだ。

（1953・7・26）

夏ほど悲哀を感じる季節はない。夏雲は悲しかった。
「戦争が終ってても空襲がなくなっても支那の夏は暑いのです。お父さんの居るテントからも雲が見えます。夏の雲です。白い雲です。
暑いのでお父さんの病気もなかなかよくなりません。食べ物が少いので体がやせてしまって手術も出来ません」

いつもは長い手紙を出してくれていた父が五行の文字をはがきに書いて私に宛てたのは終戦の次の年の夏（未完）

「センソウガオワッテモ　シナノナツハ　アツイノデス　シナノソラニモ　クモガミエマス　ナツノクモデス　シロイクモデス」

戦争の終った夏蕪湖のテントの中で死の前日私の父が記したこの三行のはがきはとうとう郵便物とはならずに翌年帰って来た軍医の手で私にわたされた。その軍医はまた私の家族に父の死を知らせた最初の人物でもあったが間もなく公報が来ても私は父の死だけは信じられなかった。軍医ははがきのほかに父の遺品の拍車や鞭なども持って来てくれたが、私はがらくたを見るような気持ちで母が〇〇へ仕舞うのをながめていた。

「ぼくもうかたかなでなくても字がよめるのにお父さんは知らないんだね」

私ははがきを手にして軍医に答へた。

「しかしもうお父さんは苦しくてカタカナじゃないとかけなかったんですよ」

相手は私の母や祖父たちに気がねしながら説明したが父の死を信じなかった私には納得が行かなかった。

やがて幾度か夏が来るうちに私は夏雲に悲哀を感じるようになった。そしてそのこみ上げて来るような悲しみが父の最后のことばに結びつけられているのが分って来た。

（中略）

父にかぎらず誰にとっても終戦は敗戦ではあっても一つの安心と希望であったにちがいない。しかしそれからふり落されて行く父の孤独な気持はどんなものであったろうか。

海の向うの父が死んだ方向のように思へる遠い空に夏の雲がわいていた。それは朝彦の立っている場所から眺めると優美な平和な海に見えるのだが、朝彦にとってはなんとも言へぬわびしい焦燥をたたえていた。

「雲が見エマス、夏の雲デス白い雲デス」

（昭和28・8・5）

これらの創作メモがどれだけ山内自身が体験した父の死や、その死を知った経過に即しているかはわからない。

父が記したとされている「ナツノクモデス　シロイクモデス……」という葉書は現存してはいない。

死亡告知書によれば豊麿の没した日時は昭和21年4月21日であるから、創作中に登場する「夏に死んだ父」と現実の父の死の時期とは一致しない。

父の死が伝えられた時には、母の壽子は既に山内家を出ているはずであるが、このメモでは母は「私」の隣りに立っているという相違がある。

しかし、山内が父の死から受けた感情は、この習作の中で「私」や「朝彦」が受けたものとそれ程遠くないのではないか。

遙雲というペンネームを使い、詩の中で雲を描き続けた山内の想いは、失われた父への取り返しのつかない記憶と深く繋がっていたのであろう。山内にとって詩の創作とは、一緒に暮らした実感の乏しい父のイメージを追い求めるという、決して実を結ぶことのない作業だったのかも知れない。

しかし、その感情を悲しみや寂しさとしてとらえるのではなく、「焦燥」ととらえ、表現している点が山内の特異な性癖を示していると言えるのかも知れない。この焦燥感はどこから来たものだろうか。そして彼をどこへ運んでいくのか。それはこの段階では山内自身にもはっきりと把握できてはいなかっただろう。

豊徳は高校時代も成績は抜群だった。3年生の時は体育を除くと24項目中22項目が5段階評価で5、3年間ほぼオール5に近い成績を残し、学業優秀者に与えられる修猷館賞を受賞している。

1955年（昭和30）、高校を卒業した山内はこの春に東京大学教養学部文科Ⅰ類に入学する。本人は九州大学の医学部へ進んで将来は医者になりたいという希望もあったようだが、修猷館というのはトップクラスはほとんどみな東大を受験するという高校なので、山内もまわりの期待と雰囲気に巻き込まれた形の選択だったようである。しかし、その入学を最も喜んだであろう祖父の豊太は、孫の合格を知ることなく、この年の2月24日にこの世を去った。豊徳は様々な意味で祖父のもとを、そして福岡という土地を離れることになる。

豊徳は世田谷区の代田に下宿先をみつけ、東京での新しい生活をスタートさせた。初めて上京した18歳の青年の眼に東京の街はどう映ったのだろうか。豊徳はその時の気持ちを『K君への手紙』というタイトルで原稿用紙にしたためている。そこには、自分より1年遅れて東京大学に入学し、1か月で幻滅を感じているK君への励ましの手紙という形を借りながら、豊徳自身の東京への、そして大学への不安、期待、そして落胆の想いが吐露されている。

K君、君が今春めでたく合格されて、もう一月《ひと》経ちました。そして君が「大学生活に幻滅を感じた。」と言うのを聞くと、僕はふと自分自身の一年間の大学生活を思い起してみるのです。

受験のために、はじめて上京したときのこと、品川のホームから眺めた、夕暮れの遠い欅の群れ、あの懐しい記憶を、僕は今でも心に描くことが出来ます。欅の梢は灰色の針細工に見えました。

試験の最終日は雪でした。あの日の雪は僕にひそかな恐れを感じさせました。運命には微笑もあるけれども、また冷酷な運命もあるということ。そう思うと、僕は、銀座見物に誘って下さったTさんに、どうしてもついて行く気がしませんでした。Tさんに嗤われながら僕はその日の夜行で帰ってしまったのです。

実際、僕が東京を恐れ同僚を恐れたのは、今考えてみると滑稽なほどです。電車の中で、あるいは鋪道で、そうして校庭の芝生で、僕は一生懸命身構えていました。圧倒されまい、嘲笑されまい、そうして負けるまい。そんな意識が、角帽と現役合格者、その意識の裏側に必ずこびりついていて、しばしば僕を困惑させたのでした。

東京が、いかに虚しい都会であるか、同僚がどんなに怠惰であるか、ということ、僕はそれを識ったとき、また郷里の街をかぶって歩いた僕の角帽がいかに虚しく、現役学生である僕がいかに怠惰であるかを識ったのでした。

眞に恐れるべきものは、この怠惰と虚しさだったのです。

入学当初は席を争ってまで占めた教室から、やがて見えなくなった学生が居ました。あるいはアルバイトのため。あるいはマイクの講義の味気なさのため。そうして、三年来同じノートをそのまま、読みつづける教授への反感から。僕も教室こそ脱け出さなかったけれども、ある意味では彼らの一人でした。

しかしそれは正しかったのでしょうか。三年間変らぬ講義案。しかし僕らに、果してその一行でも自ら述べることが出来るでしょうか。無精なのは、教壇で1時間述べ続ける教授自身ではなくて、試験前の講義録プリントを、列をなして買う僕ら自身だったのです。

K君、君が（君だって僕と同じだったろうと考えるのですが）合格されたときの喜びは、一体何の喜びだったのでしょう。何か未知なるものへの憧れと意欲、それがあの喜びの正体でなかったと言えるでしょうか。そうしてあの憧れは、大学生活が味気ないが故に凋《しぼ》むような、あの意欲は、講義の幻滅の故に消え去るような、そんなはかないものだったでしょうか。

山内は自ら語ったこの意欲を創作へ注いでいく。東大時代の友人は、下宿の部屋にみかん箱を置き、原稿用紙へ向かう山内を記憶している。

山内が入学した翌１９５６年（昭和31）、東京大学新聞はその年の五月祭を記念して小説、評論などの原稿を募集、小説部門入賞者１名に賞金１万円を寄与する、と新聞紙上に発表した。これが第１回五月祭賞である。

５月５日に締切られた懸賞応募に寄せられた小説は総数25篇。応募者には後に電通大教授になった西尾幹二《にしおかんじ》、筑波大教授の副田義也《そえだよしや》、演出家の久世光彦《くぜてるひこ》などの名がある。その中に『十年』というタイトルで応募した山内の名もあった。

しかし、結局この年は入選作は出なかった。

翌１９５７年（昭和32）、３年生になった山内は法学部に進学する。この年の第２回五月祭賞に山内は再び小説部門に『習作』、文芸評論に『芸術と法』、政治評論に『代議士について』と３篇の応募をするが、いずれも落選。

この時、小説部門に入選したのが当時文学部の学生だった大江健三郎である。作品は『奇妙な仕事』。大江はこれをきっかけに文壇へのデビューを果たし、小説家としての道を歩み始めることになる。子供時代から常に成績優秀で通してきた山内にとってこの相次ぐ落選は初めての挫折だったかも知れない。山内は翌年も五月祭賞に応募を繰り返すが、結局卒業するまで一度も入選することはできなかった。

大学3年の冬、21歳になったばかりの山内の日記の断片が残っている。

2月20日
32年度冬学期試験終る
最終日、今日の経済（木村）相当書けて、試験の解放感と安心で文字通り肩荷がおりた想い
昼食代りにメトロでトースト　ラジオが英語放送
チョコレートを買ってバスで広小路
少し歩いて東急で「大いなる希望」と「地下水道」
「地下水道」一体人間があんな状況で生きてゆけるものか　ヒューマンな悲劇だがここまで来ると胸苦しい
しかし、よく作ったものだと思う
映画館を出ると　何だか世の中が比べものにならぬほど易しく思われていやに興奮して颯爽と歩く
あんな映画を作らせた戦争がこわい
それと共に　人間は誰でも愛しておかなければならないような気がしてならぬ

上野　地下鉄　さすがに疲れて電車の中で苦しい
「もうすぐ家よ　病院でゆっくり休みましょう」
と言った「地下水道」の heroine の言葉を思出す
しかし彼女はとうとう太陽と緑の草地を夢見ながら鉄格子に頭を押しつけたきりだった。
興奮しているせいか、東横ではエレベーターに乗ってしまった
帰りに六階で　このノートを買う

『大いなる希望』は1954年公開のイタリア映画で、ニーノ・ロータが音楽を担当した戦争アクションである。撃沈した英国船の生存者をイタリアの潜水艦が救出、中立国ポルトガルに送りとどけるまでを描いた、実話に取材した物語だ。『地下水道』はポーランドのアンジェイ・ワイダ監督作品。ドイツ軍に追われたレジスタンスの若者たちが地下の下水道に逃げこむ。さまよい歩いた末に、地上に出たところを捕えられて全滅していく様を描いたものだ。(2)

2月20日の日記はこう続いている。

夜　食後　下北沢散策
古本屋締っていて gardner を選びそこねる
星が光る
文春で大江健三郎の芥川賞候補を読む　着想それだけという気がするが　どうだろう　むしろ副田義也の「闘牛」の方が意味があったような気がする
「死者の奢り」は「奇妙な仕事」ににたような situation 何かを考えているのは分るが
こんな〈技巧〉で自分たちのチャンピオンになってもらっては困る
作者は正直なのだろうが　いわば皆と同じところでしか感じていない
開高健は「パニック」と同じで　とりつきにくく読まずに過す
鼻の雀斑にしわを寄せて話す少女　風邪のせいか声が嗄れていた
同じ文春で竹山道雄のナチを読んで
恐ろしい
本当に二度と起らないのだろうか

9月6日の日付がある日記は文字が乱れ、判読できないところもあり、感情的になって筆をとることの少ない山内にしては、珍しく心の揺れが直接文面から読みとれる。

ここにかきはじめても意味がない　長い日々があった

番号を調べに行ったのは何のためだろう　きっと第一学期の試験の日　しかも　もっと以前からにちがいない

思うことに疲れてしまった　いつか　なつかしく思って　顧みることもあろうか

何かを与えてくれたのはまちがいない　きっと自分で○○してみせる　いかなる高みにたどりつくかは知らないが　高きものへの勇気だけは失いたくない

これだけは　まちがいなく与へてくれたもの。

恐らく二人でならばよりすぐれたものを生み出せたにちがいない

しかし　幸福にできたかどうか分からない　きっと幸福になれるだろう　自分は不幸でもいいというのはいつわりだ

幸福にできないからあきらめるのもいつわり

しかし今はいつわるより他ない

次善の案として　友としての地位をみとめてくれればいいが

強くあろう　あこがれのためにも強くあろう　不幸を願うまい

一体何だろう　与えてくれたのは
○れさせる思いの所以は
ベートヴェンよ
きっと不幸な人だろう

彼の残した日記の中で女性について書かれたものはこれだけであり、その断片から彼の女性観を推測するのは難しい。しかし、そこに幼くして母を失ったことが色濃く影を落としていたことは結婚後、妻の知子に語っていたいくつかの言葉からも理解することができる。

「僕にとって女の人というのは、僕を僕のままで許してくれる人、そのまま受け入れてくれる存在なんだ……」

「女の人はトイレになんか行っちゃいけないものだと思っていたよ……」

山内は知子にそんなふうに語っていたと言う。父権的な家庭の中で育った彼にとって、母性的な存在こそ、本心から彼が求めてやまなかったものであった。そういう意味では、成人した後も彼の取り組みや日常は、少年期に失った父と母を求める無意識の飢餓感と深く結びついていたと言えるのかも知れない。

# 2章 救済

1959年（昭和34）3月28日。

山内は東京大学法学部第二類（公法コース）を卒業、厚生省に入省する。

上級公務員試験の合格通知に記された席次は99人中2番。法学部の成績では優を14個とっている。

官僚を目指す東大法学部出身のエリート達、いわゆるキャリア組と呼ばれる人々にとって、法学部でとった優の数と上級試験の席次はその後の官僚としての経歴に一生ついてまわるほど大きな意味を持つものである。

当時、優が2ケタ、上級試験トップクラスであれば、官僚の中でも最も優秀な人間が集まる大蔵省に入っても、将来課長ポストは確実と言われていた。

山内のように2番ということであれば当然、大蔵、外務、通産といった大きな省からうちへ来ないか、と直接声がかけられたはずであるし、官僚達にとっても憧憬のこの3省に苦もなく入れたはずである。

しかし、山内は自ら厚生省を選んだ。

なぜだろうか。

厚生省入省のいきさつにはいくつか説がある。1986年（昭和61）1月9日、当時、厚生省審議官だった山内は修猷館高校の卒業生たちの集まりである『二木《にもく》会』（毎月第2木曜日に開かれていた）に出席し、「厚生行政あれこれ」というテーマで講演をしている。その中で、自身の入省時を振り返り次のように語っている。

昨年の9月頃でしたか、ある大学の社会学教室からのアンケートがまいりまして、「わが研究室では官僚の方がどういう理由でお役人になったかの社会学的調査をしております。つきましては山内様は何故厚生省を選んだか次のうちから選んで下さい」というものでした。

7つばかり枝（選択肢）があったんですが実はどれも該当しませんで私困りました。どういう選択肢があったかと言いますと、ひとつは例えば、役人になって天下国家を論じたい。あるいは役人というのは老後も保証されているし、安定がある。あるいは仕事自身に興味があるから、といろいろあったんですが、ま、私いずれにも該当しませんで……。実は大学時代にフランス語のクラスで遠くからあこがれていた女性がいたんでございます。それがどうも調べると厚生省に入りそうだというんで、ま、彼女と一緒に職場生活できるんならこんな幸せはないと思って入ったんでございます。彼女も厚生省に合格したようでございまして、私も合格したんですが、やっぱりちょっと見通しが悪くてですね、5年目位に退職しまして、既に旦那さんの候補者はいたらしくて、みごとにふられました。

それ以来私は何を、と思いまして恋に破れた痛手を厚生行政にかけるという熱意で今日にいたったわけでございます。（後略）

時おり会場の笑いを誘いながら、山内はそんな風に入省時を振り返った。この女性が日記に乱れた文字で記された女性かどうかはわからないが、厚生省に入省した女性の存在については、後にそれとなく知子にも話をしている。

理由は他にもいくつか考えられる。山内は中学生の時に骨髄炎という病気にかかり、高校時代はずっと脚を引き摺るようにして歩いていたという。身長168センチ、体重60キロと中肉中背の体格だったが、学生時代から運動は苦手で、身体もあまり丈夫なほうではなかった。

確かに経済的には恵まれており、成績も抜群で、まさにエリート中のエリートではあった。しかし、生い立ちもふくめ、家庭的な愛情にはあまり恵まれて育たなかった山内が、社会的な弱者救済を目的として設けられた厚生省を選んだことは彼の内部では自然なことだったのかも知れない。

厚生省に入りたての頃、高校時代の友人である伊藤正孝に会った山内は、

「天職にめぐり会った」

と、うれしそうに語ったという。

１９５９年（昭和34）４月１日に厚生省の医務局次長から辞令の交付を受けた山内ら新人は、４月15日までの２週間、研修を受けている。研修中の山内のメモにはこうある。

４月１日　タナベ事務次官昼食会
次官
拡大しつつある厚生行政についての自覚を
午后
栗山課長 Humanism なき厚生官吏の存在を嘆く
熊崎人事課長訓話
形式には区別なきも期待されたる幹部候補生としての注目を計る　期待を裏切らぬ心がけを
厚生行政の巾をひろげるための出向

熊崎人事課長の「幹部候補生」という言葉はおそらく山内個人に対してのものだ

と思われる。

4月1日、この日は新人たちにとって、厚生官僚としてのキャリアのスタートが切られたと同時に、厚生省内における出世競争、つまり事務次官というただひとつのポストをめぐる競争のはじまりの日でもあったわけである。

山内が入省したこの1959年、厚生省は大きな問題に直面する。

水俣病である。

この年の11月2日、熊本県水俣の漁民たちが新日本窒素肥料の水俣工場に乱入、負傷者を数多く出した。この事件が全国紙で報じられ、水俣病の存在が初めて大きな注目を集めた。1959年という年は、30年を超す水俣病の歴史の中でも大きな転換点となった年なのである。

日本窒素肥料(1950年「新日本窒素肥料」、現在は「チッソ」)は明治の末、衰退した農業と製塩業の代わりに熊本県水俣村に誘致された電気化学工場である。チッソは第一次大戦後、ヨーロッパからアンモニアの合成技術を導入し、日本で初めて合成肥料の生産に成功、日本を代表する化学企業のひとつに成長していく。その原動力になったのが水俣工場である。その後、水俣市がチッソの企業城下町として発展していったことが、水俣病の原因究明を遅らせるひとつの原因になってしまったのは皮肉としか言いようがない。

この水俣工場では技術研究と開発も並行して行なわれており、1932年にはアセチレンからアセトアルデヒドを、1941年には同じくアセチレンから塩化ビニールを合成することに成功する。この合成の過程で触媒として使われたのが水銀であった。③

戦後復興から高度成長へ、日本が「発展」していくのに歩みをそろえる形でチッソも企業として発展を遂げる。その代償として生まれたのが水俣病である。触媒として使われた水銀は無処理のまま海水に捨てられ、魚貝類の体内に蓄積、それを食べた漁民の身体を蝕んだ。

アセトアルデヒド製造過程で出る水銀を含んだ廃水は戦前から不知火海を汚染し続け、漁民と工場との間でもめごとが絶えなかった。そのもめごとが漁獲量の減少に関するものだった時には、チッソは少ない補償金を漁民に支払ってその不満をかわしていたが、1956年、漁民の間に手足がしびれるなどの「奇病」が多発するようになって問題は深刻さを増した。④

この年の5月16日、熊本日日新聞に、

「水俣に子供の奇病

——同じ原因かネコにも発生」

という見出しで水俣湾の奇病について報じられたのが、水俣病についての実質的な第一報とされている。以後の新聞報道の経過については、『公害の政治学　水俣病を追って』(宇井純著、三省堂新書)に詳しい。

様々な人々が奇病の原因究明に向けて動き出す。1956年5月28日、水俣市の保健所や衛生課、チッソ付属病院らが中心となって、「水俣奇病対策委員会」が設立された。委員会は8月14日、熊本大学医学部に奇病の原因究明と研究を依頼、本格的な取り組みが開始された。

熊大医学部水俣病研究班は研究を開始して3か月後の11月3日、第1回研究報告会を開いた。その席上で奇病は伝染病ではないこと、そしてこの段階で早くも原因は「ある種の重金属が魚介類を通じて人体内に侵入したことによる中毒である」という報告をしている。⑤

しかし、研究はここから難行する。毒物として考えられた重金属はマンガン、鉛、亜鉛、銅、ヒ素、セレンなど多数あり、原因物質を特定するまでに長い時間を要してしまうのである。さらに、研究を進めていく上で最大の障害となったのが通産省の存在であった。

研究班がチッソの工場廃水をサンプルとしてほしいと申し入れても、工場側は企業秘密をたてにとり、通産省の許可をもらってこい、とつっぱねた。サンプルも満足に入手できない状況で、熊大は3年近く研究を続けなければならなかった。

厚生省では厚生科学研究班が１９５６年から奇病の原因究明に取り組み、１９５８年７月９日、疫学調査の結果を発表した。この中で奇病の原因を新日本窒素の廃棄物と推定している。(6)

１９５９年７月、研究を続けていた熊本大学の研究班が、水俣病患者を診察した英国の神経科医、マックアルパインの論文を参考にして、ようやく有機水銀に辿り着く。

「水俣病の原因は有機水銀　熊大の研究班が確認」という見出しが朝日新聞のスクープとして紙上におどったのは７月14日のことである。

（熊本大学医学部）武内教授らは有機水銀による中毒が、水俣病の臨床症状に病理学的に見て似ているので、ネコによる水俣病の実験と、有機水銀中毒症との関係を一年間検討した。その結果、原因物質が水銀化合物であることが立証されたという。科学分析、臨床実験と病理学的観察の三つの面から、同一の結論を得たことで、結果はほぼ確実とみられており、三教授はことしの夏休みを利用してさらに水俣湾の現地調査を行い、魚介類、海底の泥土について裏付け

のための実験を行う。(後略)

さらにこの記事では発生源について、新日窒水俣工場という固有名詞をあげ、工場廃水中の化学物質中に水銀が含まれていると推定している。(7)

チッソは企業側の御用学者を動員して、徹底的にこの「有機水銀説」をつぶしにかかる。

まず最初に登場するのが「爆薬説」。これは日本化学工業協会理事の大島竹治が言い出したもので、終戦時に海中投棄された旧日本軍の航空爆弾の弾体がくさり、中のピクリン酸や四エチール鉛が溶け出したという説である。(8)チッソの要望で厚生省が現地調査をした結果、事実無根であることが明らかにされる。どのような根拠のもとになされた発言かはわからないが、有機水銀説に世論の注目が集中してしまうのを防ぐには充分な役割を果たした。

1959年11月2日、山内が厚生省に入省したその年の秋、水俣漁民たちの陳情に応える形で衆議院の調査団26人が水俣を訪れた。初の現地視察であった。2日正午、水俣市に到着した視察団一行は、バス8台に分乗して水俣市立病院に患者を慰問する。ここで視察団は漁民を中心とする約4000人のデモ隊に迎えられ、直接陳情を受けた。

前記の工場乱入事件が起こるのはこのすぐあと、午後1時50分のことである。漁民総決起大会のために集まっていた不知火海区の漁民は陳情を終えると工場に押しかけた。前日、チッソ工場関係者に乱暴を働いたとして漁民8人が告訴されたことに加え、団交申し入れが工場側に拒否されたことで怒りが爆発、約１０００人が工場内に乱入した。事務所、配電室、守衛室にあった電子計算器、タイプライターなどをハンマーで手当たり次第にたたきこわした漁民たちは、２５０人の警官隊と衝突。

午後2時、待機していた機動隊１００人が出動、事態はようやく沈静化したが、双方に１００人以上の負傷者を出した。[9]

漁民の激しい態度に直接触れた国会調査団は県当局、県議会、チッソの怠慢を叱責、今後は各省庁のナワ張り争いはやめ、一致協力して水俣病の原因究明に取り組む、と約束して東京へ戻った。

しかし、結果的に水俣病の原因究明と患者救済は、叱責の言葉を残して帰った国の行政と企業と学者の一致協力した取り組みによって再び不知火海の海の底へ引き戻されてしまうのである。11月11日、肥料工業会では権威として知られていた清浦《きようら》雷作《らいさく》東京工業大学教授が、非有機水銀説のひとつである「有毒アミン説」を報告した。この報告は即日通産省の手で『水俣湾内外の水質汚濁に関する研究』として発表される。翌12日の朝日新聞には「『工場廃水とは考えられない』水俣病で清浦教授報告」という見出しとともに、次のような記事が掲載された。

熊本県水俣湾の魚を食べると起る奇病「水俣病」については、新日本窒素水俣工場から出る廃水中の水銀が原因とされていたが、この夏から現地調査をしてきた東京工大清浦雷作教授は「原因は工場廃水とは考えられない」との結論を出し、十一日通産省にその研究報告を提出した。

こんどの清浦教授の結論は「水俣湾の水質は他の海湾と比べて特に汚濁してはおらず海水中の水銀の濃度も高くない。また水俣以外の地区でも水銀を多く体内にふくんでいる魚がおり、この魚を食べても奇病は起こらないのだから、水俣病が水銀をふくむ工場廃水によって起こるという結論は早計である。(後略)」

清浦が水俣を訪れ、水質調査を開始したのはこの年の8月末のことである。清浦はわずか3か月足らずの調査で、熊大が3年かけてようやく辿り着いた結論を否定する。

通産省はこの清浦の説を支持し、「水俣病関係各省連絡会議」の席上で、「新日窒水俣工場の廃水が原因であるとは断定できない」と代表者が発言している。

実はこの11月12日は、厚生省の食品衛生調査会が水俣病の原因究明結果を厚生大臣に答申する日であった。その答申には原因物質についてこう述べられていた。

水俣病は、水俣湾及びその周辺に棲息する魚介類を多量に摂食することによっておこる、主として中枢神経系統の障害される中毒性疾病であり、その主因をなすものはある種の有機水銀化合物である。

本来であれば、この答申は水俣病に関する初の政府見解になり得たはずのものであるが、通産省のみごとな策略によって、「原因は未だに確定していない」という印象を強く残した。通産省と厚生省の対決は、こうして通産省の作戦勝ちに終わる。

これに追い打ちをかけるように翌13日の閣議の席上、池田勇人通産相は「有機水銀が新日窒水俣工場から流出したという結論は早計」と発言、厚生省の動きに釘を刺した⑩。

水俣食中毒部会は答申を出したその日に解散を命じられた。これに代わって翌年の2月26日、経済企画庁内に「水俣病総合調査研究連絡協議会」が発足する。主導権が患者寄りの厚生省から企業を代弁する経済企画庁に移ったことで水俣病の原因究明は大きな後退を余儀なくされる。その証拠として、今後は通産、経企、厚生、農林の各省庁が協力して原因究明に当たるという約束になっていたにもかかわらず、この協議会は何ら結論を出さずに翌年の3月に自然消滅してしまった(11)。

その後、再び政府見解が確定するのは1968年、9年後のことである。水俣病原因究明をめぐる政府内、特に通産省と厚生省の主導権争いはこのように、混迷を極めた。しかし結果的には、企業寄りの通産省が力で押し切り、この公害病の早期解決の芽を自らの手で摘み取ったわけである。

企業や御用学者との協力のもと、有機水銀説をもみ消した通産省の罪はもちろん重いが、省庁間の利害や力関係により、自ら究明した結論を不合理な形で否定されたにもかかわらず反論すらできなかった厚生省の罪も同様に重い。第1回の水俣視察が何の収穫もなく行なわれ、追いつめられ暴動を起こした漁民が加害者企業であるチッソから告訴され、弱者救済を目的としてつくられた厚生省がこのように大きく後退の一歩をその歴史に記した1959年、22歳の山内豊徳はその厚生省に入省したのである。

# 3章 電話

1990年（平成2）12月4日午前9時。

山内知子は東京町田の自宅で一本の電話を受けとった。

夫からだった。

「僕はこれから失踪する。行方不明ということで場所は言えないけれど……。

それ以外に北川長官の水俣行きを止める手立てがないんだ。

今水俣へ行ける状態じゃないんだよ。

新聞が騒ぐかも知れないけれど、心配することはないよ。

ただ、役所は辞めることになると思うから……」

夫はそう力なく言うと電話を切った。

知子は話の意味がわからず混乱した。水俣へ行ける状態じゃない、というのは夫の身体の状態が良くないということなのか、様々な状況が良くないということなのか、今の電話だけでは判断がつきかねていた。

9月28日に水俣病訴訟をめぐって東京地裁から国に和解勧告が出されてから、夫の忙しさは以前にも増して激しくなった。

仕事に関することはいっさい家では語らない人だったが、環境庁の企画調整局長に就任した7月以降、仕事の量が増えたのは知子にも感じることができた。

帰宅は午前0時を過ぎることも多く、その後も2階の自室で机に向かい資料を読んだり、新聞記事の切り抜きをしたり、午前2時、3時まで仕事を続けていたらしい。

翌朝、知子が2階に昇ると、夫はワイシャツにガウンをはおったまま倒れこむように眠っていることがしばしばあった。食事も摂らずに取り憑かれたように仕事をする夫の身体を心配して、知子はビタミンなどの栄養剤を準備し、机の上に置いておくことにした。

水俣病問題に取り組んでいたここ2か月は日曜も早朝から電話で仕事の指示をして出勤し、休むことはなかった。

9月下旬、知子が風邪をひいてしまい咳が止まらなくなると、普段はあまり苛立つことのなかった夫が「僕に風邪をうつさないでほしい。今自分は風邪などひいていられないんだ」と珍しく知子にあたった。

可愛いがっていた犬のゴロウは夫に一番なついていた。夜になって布団に潜り込んでくると、夫はどんなに疲れていても怒りもせずに中に入れてやっていた。それでは熟睡できないのではないかと心配した知子は、自分の風邪をうつしてしまっては申し訳ないという思いもあって、それまでは1階の居間に並べて敷いていたふたりの布団を夫のだけ2階に移すことにした。知子は後になってこのことを強く後悔することになる。

11月に入ってからは夫の憔悴ぶりも日を追って深くなり、自宅へ戻ってからも緊張が和らぐことがなく、次第に神経質になっていった。

3、4時間の睡眠しかとれない日が何か月も続いて、このままでは身体を壊してしまうのではないかと知子は心配した。通勤に往復3時間以上かかってしまうことを考えて、

「往復の時間を睡眠にあてたほうが身体が休まるようでしたら、家のほうは心配いりませんから、遅くなる時にはホテルに宿泊して下さい」

と夫に話した。

それからは遅くなると夫はホテルに泊まるようになった。しかし、そうなる日には必ず「今日は泊まるから」と律儀に電話をしてきた。

宿泊先は虎ノ門パストラルやホテル高輪、赤坂シャンピアなど大抵都内のビジネスホテルだった。しかし、予約がとれずに霞ケ関合同庁舎21階の局長室のソファで仮眠をとるだけといった日もあったようだ。局長ともなればホテルの予約くらい部下に任せるのが普通だと思うが、山内は手続きまで全部自分ひとりでやっている。

12月3日の朝はいつも通り6時30分に起きて朝食を摂った。玄関まで送って行った知子に、

「今日は帰るから」

と一言だけ告げ、夫は8時に家を出て行った。

3日の晩。

当然夫は帰って来るものと思い、知子は待っていたが、結局帰らず連絡もなかった。

（こんなことは初めてだな……）

そう思いながら知子はそのまま4日の朝を迎えてしまったのである。

夫からの電話が切れてすぐ、2度目の電話のベルが鳴った。

環境庁からだった。

「局長はご在宅ですか」

若い男の声だった。

「今、家には居りませんが」

知子はそう答えた。

ついさっき夫から電話があったことを言おうかどうしようか一瞬迷ったが、「役所を辞めることになると思う」という夫の言葉から推測して、恐らく夫の行動は役所には無断のものだろうと思い、話すのをやめた。役所からの電話は局長の不在を確かめただけですぐに切れた。

知子は家事も何も手につかぬまま、夫からの次の連絡を待っていた。待つしかなかった。

午前11時30分、3度目のベルが鳴った。夫からだった。

「今、東神奈川にいるんだ。これから家に帰るから……」

それだけ言うと電話は切れた。

「失踪する」という1度目の電話とは食い違い、知子は事態をつかめなかった。ただ、とにかく夫が帰って来るのならそれだけでも安心だと思い、食事を作りながら帰宅を待った。

12時15分。

ドアの開く音がして、知子はあわてて玄関に向かった。夫はそこに精が抜けたように立ちつくしていた。昨日の朝、家を出ていった夫とはまるで別人のように憔悴し切ったその様子に、知子は慌てた。

(とにかく休ませないとだめだ)

鞄を取り上げると、夫を玄関から上へあげた。

「食事は」

「うん。今はいい」

夫を台所の椅子に坐らせると、急いでスープを用意した。

夫はそれを少し飲んだだけで手を止めてしまった。

「お願いだから少し上で眠って下さい」

知子がそう言うと、夫は頷《うなず》いて階段を昇っていった。2階の自室には昨晩知子が用意した布団がそのまま敷かれてあった。

いったん2階の部屋に入った夫は、しばらくするとまた出てきた。何か気になることがあるらしくゆっくり眠れないようだ。階段を降りると電話に向かった。

相手は環境庁のようだった。申し訳ないと何度もあやまっているのが聞こえた。

電話を終えると知子のところに来てこう言った。

「水俣へは行かなくても良くなったから……。代わりに森さんが行ってくれることになった」

「そう」

(よかった。事情は良くわからないけれど、これでしばらく身体を休めることができる)

知子はそう考えて、少しほっとした。

森仁美は環境庁の官房長である。これは次官、企画調整局長に次ぐ庁内ナンバー3のポストだ。水俣病訴訟に関してはこのトップ3が中心になってその対応に取り組み、北川長官のスケジュールなどをすべて決定していた。水俣視察には3人の中では山内だけが同行する予定で、既に2階の部屋には下着などを詰めた黒い鞄が山内自身の手で準備されていた。


「急なことで森さんにも申し訳ないなあ」

夫は何度もそう呟きながら、また階段を昇って部屋の中へ消えた。

しかしすぐに又部屋から出て来た。その手には航空券が握られていた。

「どうしたの、何か心配ごと」

「航空券を持って帰ってしまったんだけど、明日のことなんでどうしようかと思って」

知子の問いに夫はそう答えた。

「それならもし必要があれば私が環境庁へ届けますから、電話だけして下さい」

そう言うと、夫はわかったと頷きすぐに役所に電話をした。

「航空券の番号だけわかればいいそうだ。わざわざ届けなくても大丈夫だ」

受話器を置いてそう言った夫の顔に初めてほっとした表情が浮かんだ。

「少し休む」

そう言うと二度《みたび》階段を昇っていった。

そのうしろ姿を見送りながら、知子は懸命に不安を抑えようとしていた。夫は仕事のことでどんなに大きな問題にぶつかり、知子が不安そうにしていても、いつも、

「大丈夫、僕にまかせろ」

そう言い続けてきた。20年以上の長い間、ずっとそうだった。そしていつも自分の力でその難局を乗り越えて来たのだ。

(きっと今回も大丈夫だ。まかせるしかない)

知子はそう思おうとしていた。

そこには22年の結婚生活の末に辿り着いた夫に対しての信頼と、一種の諦めに似た気持ちが同居していた。

(大丈夫、まかせるしかないんだ)

知子は心の中でもう一度そう繰り返した。

# 4章　後姿

1959年(昭和34)、2週間の研修を終えた山内は医務局総務課に配属され、厚生官僚としての第一歩を踏み出した。

福祉の仕事を天職だと感じてはいたが、小説家になるという夢も諦めてはいなかった。仕事を終えアパートに戻ると、机の替わりにしていたみかん箱に向かい小説を書くという二重生活をしばらくの間送っている。やがてその夢は夢として終わるのだが、それが果たして挫折という言葉がふさわしい体験だったかどうか定かではない。なぜなら山内は文字通り天職として福祉行政に取り組んでいくからである。

1961年(昭和36)12月、山内は社会局更生課に移り、身体障害者の保護更生に取り組む。さらに2年後、社会局保護課で生活保護行政に携わる。この保護課での経験が、生活保護行政に対する彼の深い洞察力を生み出す土壌となる。そして1966年(昭和41)8月、環境衛生局に異動、ここで初めて公害行政に携わることになる。山内は29歳になっていた。

厚生省内における公害行政は1961年4月、環境衛生局環境衛生課内に公害係が新設され、実質的なスタートを切った。それまでの環境衛生課の仕事といえば、理容、美容業界の指導、監督、公衆浴場の入浴料金問題など、公害とは全く縁のないものだった。公害係は予算年額35万円、担当はひとり。衛生課の課長補佐が兼務した。当時の担当官は後年環境庁が発足した時に大気保全局長に就任する橋本道夫《はしもとみちお》である。彼は公害係のたったひとりの担当官として、まだ誰も経験したことのない公害行政に取り組んでいく。[12] 3年後の1964年4月1日、公害係は公害課に昇格し、課員は6人になった。初代公害課長になった橋本は、当時を振り返って次のように述べている。

「当時は御承知のように日本の高度経済成長の一番華やかなりし頃ですね。所得倍増計画、新産業都市建設計画、すべてが経済成長へ向いていましたね。僕も経済成長したかったですよ。というのは厚生省は財政に困っていたでしょ、国民健康保険は破綻に瀕するしね、年金はないしね、下水やゴミ焼き場はできない、経済なきゃ駄目ですよ。ところが公害対策をやらされるとね、経済成長にブレーキをかけることがどうしたって起こるわけです。しかし当時、『いや、公害のことを考えんといかん』と言っていたのは全く少数者ですね。

それに厚生省の行政というのは経済界に対しては弱いですよね。政治的にサポートはない。政治力もない。だから通産省や経済企画庁とはおよそ格が違いますわ。ですから行政というのは政治経済のバックがないとどうにもならんな、というのをすごく感じましたね」

日本全体が高度経済成長一色に染められて行く中で、橋本は何のサポートもなしに公害行政に取り組んだ。当然のようにそれは様々な逆風を受けた。60年代半ばに入り、公害の激化が全国的に問題になると、橋本ら公害課のスタッフは大気汚染対策のための規制法をつくることになった。

しかし、ここでも通産省との対立が起こる。通産省は厚生省より1年早い1963年4月、省内に産業公害課を設置しており、公害行政の主導権をめぐって度々厚生省と争いを繰り返していた。

1965年、第48国会において衆参両院に産業公害対策特別委員会が設けられることが決定、国がようやく公害防止へ向けて動き出した。厚生省では、環境衛生局が中心となってその設置を行なった公害審議会が「公害に関する基本施策について」審議を行なうことになった。その厚生省の動きに対し、通産省を始めとする各省庁から「どうして厚生省が自らの所管をこえて各省の所管事項にまでわたる公害の基本施策に取り組むのか、越権行為ではないか」とクレームがつけられる、といった具合である。⑬

これに対し厚生省もなんとか公害行政の主導権確保のため必死に努力をしていく。まず、公害対策基本法案づくりを目指して、公害課に省内の精鋭が集められた。後に厚生省事務次官に就任する幸田《こうだ》正孝《まさたか》と古川貞二郎、そして当時環境衛生課にいた山内豊徳もその「精鋭」のひとりだった。山内は公害課課長補佐として橋本とともに公害対策基本法づくりに取り組んでいく。

1966年11月22日、山内らが中心となって作成された公害対策基本法案の試案要綱が発表された。この中で、公害対策基本法の目的は「国民の健康、生活環境及び財産を公害から保護」することであると記されている。

この試案が発表されると、通産省、経済企画庁、経団連といったいわゆる高度経済成長を推し進めて来た側は猛反対した。特に通産省は公害対策は産業、経済の健全な発展との調和を考えるよう強く主張した。(14)

公害対策基本法制定にあたった山内はその法律の意義について、公害行政への熱い情熱を込めて後になって次のように記している。

公害問題をめぐる紛争は、個人の生活や権利の保全という私権救済の面から提起されているわけであるが、反面、それが多数住民の生活や権利に影響を与えるという意味では、公益的な事件という性格をあわせもっていることが多い。公害をめぐる苦情陳情が行政庁に多く提起され、行政庁においてもこれを処理せざるを得ないというのも公害紛争のこうした公益性のためといってよいであろう。しかしながら、現行法のもとでは、行政庁による公害紛争の処理はあくまで事実上のサービスというにとどまっている。そこで、むしろ、公害紛争をめぐる行政庁の立場を制度上公害事件の当事者とする立法措置を考慮すべきではあるまいか。

まず、その一つは、行政庁による環境汚染行為の摘発と防止措置の請求の制度化である。これは、住民の陳情などを基に発動されてもよいが、一定の規模と程度の環境汚染で公共の利益にかかわるという事態に限り発動されるものとし、できれば、裁判所による審査と原因者の講ずるべき措置の義務づけを立法化すべきであろう。

もう一つは、とくに人身にかかわる環境汚染の原因究明を行政庁に義務づける制度である。これまで、環境汚染事件について行政庁の活動なり公費による原因究明活動が行なわれてきた例があるが、これが当該事件に係る私法的救済にどのように関与するかは制度上あいまいになっていた。むしろ、特殊な環境汚染事件については行政庁による調査の義務づけとその結果を基にした原因行為者の確定のための訴訟維持を行政庁が行なういわば「公害検察制」の採用を考慮した方が、この種の社会問題についての無用の摩擦をさけることとなるのではあるまいか。

(『自治研究』昭和43年3月10日号所載「公害問題の法的救済処理について」)

山内はこの論考を試論であり、あくまで私見であるとことわった上で、公害における加害者企業と行政庁の責任について厳しく言及している。何よりも行政庁を公害事件の当事者とし、汚染の原因究明を義務づける制度を立法化すべきであるという指摘は行政の担当官の発言だけに重みがある。

山内がここで「特殊な環境汚染事件」と述べた時、間違いなく彼の頭の中には水俣病のことがあったはずである。その公害患者の救済と、公害の原因究明についてこれだけ熱く語った人間が、22年後には全く逆の立場から水俣病に対する国の行政責任を否定する。その時、山内の内部でどのような変化が起こっていたのか。彼は22年前に自ら記したこの文章を思い出しはしなかっただろうか。

山内が公害課に配属され、基本法づくりに取り組んでいた1966年（昭和41）、年の瀬も迫った12月26日、山内は厚生省の上司新谷鐵郎《にいやてつろう》から日比谷に呼び出され、そこである女性の写真を見せられた。

写真は2枚あった。1枚は着物姿で見合い用に撮られたもの、もう1枚はその女性が子犬とじゃれ合っているものだった。

「綺麗な人ですね」

山内はそう褒めた。年内に一度会ってみないかと新谷は勧めた。初めは、「正月過ぎてからでいいですよ」と言っていた山内だったが、結局折れて、官庁の御用納めの12月28日に新谷の自宅でその女性と会う約束をした。

翌27日、山内は忙しい仕事の合い間をぬって床屋を探しに出た。有楽町の方まで歩いて駅の建物の中にやっとみつけた散髪屋に入った。

(高い床屋に入っちゃったな)

そう思いながら鏡の前に座り、明日あの女性と会った時に何を話そうか、などと写真の姿を想い浮かべながら考えていた。

写真の女性の名は高橋知子《たかはしともこ》。当時24歳。日比谷にあった旭化成の関連会社、旭ダウに勤務していた。知子に山内を紹介したのは、知子の母澄子《すみこ》の従兄にあたる高崎《たかさき》芳彦《よしひこ》だった。高崎は消火器等をつくっていたトキワ化工の社長で、新谷の兄がこのトキワ化工に勤めていた。

高崎が「うちの親戚にひとりいい女の子がいるんだが」と新谷に持ちかけ、新谷が「うちにも天下一品の男がいる」と答えたのがきっかけになり、今回の見合いの話に発展したというわけだ。

高橋知子は１９４２年(昭和17)1月24日、岐阜県揖斐《いび》郡池田町草深《くさぶか》に父静夫、母澄子の長女として生まれた。父は旭化成に勤めるエンジニアだった。父が仕事の関係で日本各地を転々としたため、知子も学生時代は宮崎、三重、静岡と転校を繰り返した。知子も山内と同じくあまり身体が丈夫なほうではなく、中学1年生の時に重い肺炎にかかり、学校を1年間休学している。この時、治療のために打ったストレプトマイシンの影響で耳が少し悪くなった。静岡の県立吉原高校を卒業後、昭和女子大学文家政学部に入学した。１９６５年（昭和40）に大学を卒業し、旭化成東京事務所に入社、当時は三軒茶屋に下宿しながら配属された旭ダウ管理室に勤務していた。

12月28日、その日の仕事を終えた知子は、当時東久留米市氷川台にあった新谷の自宅に急いで向かっていた。はっきりと見合いという形はとっていなかったが、相手もそのつもりで来るから、ということは聞かされていた。それまでにも何度か見合いはしていたがうまくいかず、今回もあまり乗り気ではなかったが、親戚の紹介ということで断るわけにはいかなかった。

新谷の家に先に到着し、料理など手伝いながら待っていると、しばらくして玄関の開く音がした。

小柄なその青年は知子のことを聞くでもなく、自分のことを話そうともせず、その家の子ども達と楽しそうに遊んでばかりいる。

（これは駄目だな……）

知子はすぐにそう思った。

そうこうしているうちに時間が過ぎ、見合いは不発のままふたりとも帰ることになってしまった。

一応紹介はしあったが、知子はこの青年の名前さえまだはっきりとは了解していなかった。それまでほとんど言葉も交わさなかったふたりが玄関で暇《いとま》を乞い、駅まで黙って歩いた。ふたりの間に気まずい空気が流れていた。

（こんなことなら来るんじゃなかった）

知子はそう思っていた。

東久留米の駅に着き、知子は渋谷までの切符を買おうと思ったが、財布の中に小銭がなかった。困っていると山内がお金を貸してくれた。

「どうも」

礼を言って切符を買い、池袋行きの電車に乗った。男の人がどこに住んでいるのかまだ聞いていなかったが、黙って一緒について来てくれるので知子は送ってくれるつもりかな、と思った。

どうもこの人は見合いにも全然乗り気じゃないようだし、だとするともう二度と会う機会はないかも知れない。大した額ではないがお金を借りたことが気になっていた。お金をそのまま返すのは失礼だろうか。やはりハンカチか何か買ってお礼をしようか。そんなことを思い悩んでいるうちにふたりは渋谷の駅に到着した。改札を出ると山内は、

「じゃあ、これで」

といきなり知子に別れを告げた。

知子は驚いた。もう夜も遅いし、いくら正式な形はとらなかったとはいえ、一応お互い見合いということを意識して会ったのだから、どこか落ちついたところで話をするとか、せめて家まで送ってくれるとか、当然そうしてくれるものと思っていた。なのにいきなり「じゃあ」というのはあんまりじゃないか。第一私はまだこの人の名前さえちゃんと知らないのに。怒りより情けない気持ちが先に立ってしまった知子は、とは言え「送って下さい」と言うわけにもいかず、

「じゃあ、さようなら」

と言い残すと勢いよく走り出した。

三軒茶屋行きのバスの灯が遠くに見えた。知子はそのバス停までうしろも振り返らずに走った。年末に沼津の両親の元へ帰った知子はこの見合いのことなどすっかり忘れてしまった。

1967年の年が明けた。

仕事始めも近づき、下宿に戻った知子は、郵便ポストにたまっていた年賀状に眼を通していた。その時、見なれない文字を眼にしてふと手を止めた。

その賀状の差し出し人のところには山内豊徳と書かれていた。

お世辞にもうまいとは言えない、癖のある字だった。

謹んで新年のお慶びを
申し上げます
旧年　新谷さんのお宅では料理まで手がけていただいてたいへんお世話さまでした。
富士での初春はいかがでしたか。
東京も元旦から雨になって旧年中にとうとう手をつけなかった年賀状を書きあげるにはもってこいの日和ですが正月から忙しい気配が立っているしごとのことを考えるせいもあって何となく辟易する年頭です。
昭和四十二年元旦

12月28日、渋谷で知子の走っていく姿を見送った山内はすぐに家へは帰らずに、新宿にあった行きつけの飲み屋、『筒井』へ足を運んだ。ツケがたまっていたのを支払いに行かなければならなかったのも事実だったが、少し頭の中を整理してから家に帰りたいというのが本音だった。

（ふたりで今日何を話しただろうか……。

新谷さんの家の玄関を開けた時、あの人のらしい靴が目に入り、それが黒ではなかったのに、理由もなく安心した。茶色のその靴を見て、どういうわけか、「ああ、この人も義理で来たんだな」と思った。

あの人は何年も前に死んだ小鳥のことや、小鳥の餌のつくり方などを一生懸命話してくれた。車の運転はできるけれど免許は取っていないとのこと、ずい分負けず嫌いな女性だなとその時思った）

そんなことを思い出しながら、山内はカウンターでしばらく酒を飲んでから下宿へ戻った。

12月30日、山内は厚生省の公害課にわざわざ足を運び、新谷から渡された知子の写真を下宿に持ち帰った。この日は下宿で写真を挑めながら過ごした。

夜、仲間との忘年会に出席した山内はここで「来年は結婚するから」と宣言している。

31日、山内は下宿の大掃除をした。知子がやって来る日のことを考えて、小説を書くために机替りにしていたみかん箱に綺麗な壁紙を貼って飾った。知子が受けた印象とは違い、この時既に山内は自分の心の中では結婚という二文字を大きくふくらませ始めていたようである。

そんなことをしているうちに年は暮れた。山内はさんざん迷ったあげく、知子に年賀状を出した。

年が明け、山内は知子から年賀状の来ない正月を不安な思いで送っていた。

(何か彼女のために記念になるような作品をつくろうか)

そんなことを考えて愉快になったり、悲しくなったりしているうちに仕事が始まってしまった。8日になって半ば諦めかけていた山内のもとへ知子からの年賀状が届いた。

あけましておめでとうございます

賀状うれしく拝見致しました。御一人で迎えられたお正月は如何……きっと色々の計画に胸はずんでいらっしゃるのではないでしょうか。

先日は大変失礼いたしました。急な事で色々ととまどい御迷惑をおかけした事とお詫びいたします。初出勤に遅刻する始末で今年も思いやられます。

お忙しい事と思いますが御身体に気をつけてお励み下さい。私もまけずに頑張ります。

文面を何度も読み返しながら山内はいろいろと分析、推測した。「色々の計画に胸はずんでいらっしゃるのではないでしょうか」などと他人ごとのように書くとはけしからぬ女性だ、と腹を立ててもみた。山内にとっては今年の計画とはふたりのこれからを意味していた。

しかし、彼女の字を繰り返し見ながら、結婚したら年賀状書きはまかせられるな、と安心した。

1967年（昭和42）1月14日土曜日。

この日、お昼で仕事を終えたふたりは日比谷の日動画廊で待ち合わせをした。知子は絵を観るのが好きだった。職場が日比谷の三井ビルにあったこともあって、昼休みには食事を早く済ませて日比谷界隈の画廊を回って歩くのが知子の楽しみのひとつだった。

画廊には山内が先に来ていた。ふたりでしばらく絵を眺めてから、表へ出て昼飯を食べようということになった。山内は近くの鰻屋へ知子を連れて行った。知子は鰻は大嫌いだったけれども、先に立って歩く山内に従って店に入った。席に着くと山内は胸ポケットから封筒を出し、テーブルの上をすべらせて知子のほうへ寄越した。

「こういうものです」

山内はそう言って頭を下げた。

封筒の中身は山内の身上書だった。縦書きの便せん7枚に青の万年筆で家族、経歴、趣味などがびっしりと書き込まれている。年賀状と同じ、癖のある崩れた字だ。4枚目からは便せんの右隅に㊙マークが付けられ、次の様に記されていた。

㊙

趣味　原稿用紙を埋めること

志望　小学校時代〝有名なひと〟ただし卒業式で答辞を読む役とはならず

中学校時代〝詩人〟雑誌・新聞に投稿、選者あるいは激賞すること

あり

高校時代〝小説家〟文芸部雑誌の広告とりに苦労するのが辛くて退部

大学時代〝優等生〟郷土の要望重く、いささかノイローゼ気味とな

り、法学部成績において劣等生何故公務員を志望するのですか——公務員試験成績があまり良かったもので
　　　　　　　　　　　　　　すから
何故厚生省を希望するのですか——あまり秀才が押し寄せないように思えた
　　　　　　　　　　　　　　ものですから

趣味と性状
眺めるもの　　雲
見るもの　　ドガ　鈴木信太郎　前進座
呑むもの　　俸給日以後　ブランディ　ジン　チンザノ
　　　　　　以前　コーヒー　チョコレートパフェ　汁粉
今でも覚えている映画　十二人の怒れる男　かくも長き不在
　　　　　　　　悪い奴ほどよく眠る　他人の顔
信仰　祖父の儒教主義庭訓と中学時代のキリスト教主義教育の結果、動物
　　愛護と人間尊重を信条とするも、性来の自愛心のため神はむしろ不
　　注意無神経なる創造主としてのみ認識して今日に至る
政治思想　やや軽佻浮薄の感あるもおおむね進歩的穏健派　ただし立候補す
　　るときは自ら政党組織する所存

山内はこの日のデートを日記にこう記している。

十四日　はじめての逢引き　本当に前の晩は眠れなくてあんなつまらぬメモ書きをかいたりして三時半まで起きていたのです　日動画廊で待ち合わせたのに十分もおくれるのでずいぶん気がもめたのです　ずいぶん絵に意見のある女性だと空恐しい気もしながら大東京を迷歩しましたね　女性をどんなに連れて歩けばよいのか分からずに何とも気が気でない冬の舗道でした
話しているとこわいような気持になってあなたが映画を見るなどと言ってくれなかったらどこかで立ちすくんでいたかも知れません
こわい気持ちになった理由は今でも分からないのですが
女性――しかも若い女性など三十分も話していればだいたいわけが分かると思い込んでいたのに、あなたの考えかたにはわけのわからない、そのくせ少しばかり分かるような気のするふしぎなくらさがあること
わたし以上に厭世的なこころだったり、結局わたしの厭世的な思いかたを救ってくれる女性ではないのかなと思ったこと
これから　この分では会うたびに考えることがふえてとても公害対策基本法

どころではないなと憂うつです

山内が勤める厚生省も日比谷に近かったことから、ふたりは昼休みに食事をしては画廊を回るというデートを重ねていった。

山内の仕事はこの頃から常に忙しく、デートの約束の場所にいつも書類や原稿用紙をいっぱいつめこんだ風呂敷包みをぶら下げて来た。仕事のあとに待ち合わせをしても、山内は喫茶店などでその風呂敷包みをほどき、知子の前で仕事の続きを始めてしまった。知子はそんな山内を黙って見ている。閉店の時間までそうしていては、

「じゃあ」

と言って別れる。そんな変わったデートが続いた。大きな風呂敷をぶら下げて歩く山内を隣りに見ながら、

（なんて不粋な人なんだろう……）

と知子は思っていた。

この頃、山内は厚生省の仕事に打ち込んでいて、原稿用紙に向かうことも少なくなっていた。詩や小説を書く生活からは随分離れてしまったようだ。しかし、当時の日記の1ページに、一九六七・一・十八日と日付けが記された詩が1篇だけ残さ

れている。

その詩は『あなたに会うと』と題されている。

あなたに会うと
あなたに会えなくなる日がこわくて
いつまでも話していたいとくるしむ
そして　あなたと話していると
あなたとの退屈なほど長い日々がこわくて
話を残しておこうとくるしむ

三十歳になってはじめて、そしておそらく最後につくる詩。十五歳のときの端麗さの半分もない詩でごめんなさい。


日記にはそう記されている。

何度目かのデートの時だった。

いつもの様に画廊で絵を観たふたりは喫茶店に入った。そこで山内は何気なく自分の仕事について触れ、

「僕はね、上級公務員試験を受けて2番で合格したんだよ。だけど福祉の仕事がどうしてもしたかったから自分で厚生省を選んで入ったんだ……」

そう聞いた時、不思議に知子には自慢話に聴こえなかった。

（信念を持っている人なんだな……）

知子は素直にそう思った。

不粋で不器用な山内をこの時、知子はもう愛し始めていたのかも知れない。

１９６７年３月、知子は旭ダウを退職し、結婚準備のためにいったん沼津の実家へ戻った。ふたりのデートはもっぱら電話と手紙が中心になった。この頃、山内は公害対策基本法づくりで忙しいさなかにいたが、ほとんど毎日の様に沼津と東京の間を手紙が往き来している。

法案づくりで徹夜作業が続いていた山内は、知子への手紙の中でもこの基本法について度々触れている。

（昭和42年4月8日）

相変らずの忙しい、で恐縮ですが、きのうから公害対策基本法なる法案の法制局審査というものがはじまって法律つくりの専門家の逐一の審査にひや汗をふきふき頑張っています。

この分だと五月はじめの国会提出が予定どおり実現できるか心配ですし（国民の皆様に対して）ひまが出来ないのが残念な（……に対して）次第です。

（4月14日）

帰ってきたら十二時半。デイトの帰りがおそいのとちがって「公害防止のための施策」がよいか、はたまた「公害防止施策」がよいか、いや「公害防止に係る施策」がよいか、はたまた「公害対策」にしようなどとどうでもよさそうなことに一時間も二時間も議論して帰ってくる夜更けの路などというものはおよそムードがありません。もっとも法律をつくることのむつかしさも面白さも案外こういうところにあるので当人たちは大真面目に面白そうに論じ合っているのですからしかたがありません。

（4月19日）

月曜日はせっかくの歓待にあずかれるところ残念ですし申訳なく思っています。くれぐれも皆様によろしくと伝えてください。

月曜日から毎日朝が早く――といっても八時半出勤、一日中会議がほとんどで夕方は早く帰れるのですが何ともぐったりします。

防衛庁に出かけて戦車の音は公害かどうかを議論したり行政管理庁に呼ばれ

て、公害対策審議会を新設するから公害審議会（いま厚生省にあるもの）を廃止せよと叱られたり、それに産業界には公害問題を厚生省の手から離させようとする動きが強いので何かと気のつかれる臨月（基本法の）というところです。

うまく行けば来週あたり政府案まとまるということで記者発表にこぎつけることができそうです。そのときは厚生省記者会見室からテレビでご対面できるかも知れません（もちろんブラウン管の隅の方ですからそれらしき姿が横切るくらいのものです）。

発表すればするでまた大忙し。国会で審議が終るのがいつの日になりますか。あまり忙しいことは言わないことにしましょうね。

（4月29日）

久しぶりにふたりで食事ができてたいへん楽しい〝二十八日〟でしたが何ともあわただしくて心残りがしています。午後のしごとも十時近くまで続いて今日もこれから出かけるところ。約束した三日、五日もあぶない様子です。佐藤内閣の面目にかけて十二日に国会提出というのですが、法案文もきまらず与党折衝もこれからですからカレンダーの赤い字も青くなるというわけです。会ったときも忙しいと言って嗤われましたが、もっとも忙しいながら張りきっているのですからせいぜい応援してください。役人ぐらしなるべく忙しくなく大過なくという信条のひとも少なくないのですがやはりときには頭のいたいしごとに追われるというのも役人冥利とその点では喜んでいます。

(5月1日)

風かおるとは言いかねますが五月らしい明るい朝です。カレンダーを新しくすると窓からみえる鯉のぼりのはためきまで新鮮に感じるから人間の気分もふしぎなものですね。

きのうは祖母が福岡からわざわざ電話をくれてアルバムを整理して送ってくれるとかひどく張り切っていました。久しぶりに祖母の声をきくと老人のふしぎな明るさのようなものを感じてうれしくなりました。もっとも〝お前は顔のしまりが悪いからシッカリ写っている写真だけにしたから〃などと言うのをきくと誰かに猫背を言われるときのようにヒヤリとしますが、祖母にとっては亡くなった父がお気に入りだったらしく小生のことは何かと父と比較して考えているようです。自分は長男だから親の面倒を見なければというのが父の口ぐせだったそうですがその実息子をひとり残しただけで死んでしまったのですから決して親孝行とも思えません。

それにもかかわらず祖母や生前の祖父も何かと長男をほめるので残っている

叔父たちが機嫌が悪くなることもあります。

祖母は口では連れてきても坐るところもない？　からなどと言っていますがあなたの顔を見たい様子です。年をとると口がわるくなるはずなのにあなたの写真（といっても二枚送ってあるだけですが）をひどくほめていましたので少々気味がわるいくらいです

いずれにしてもいちど帰りたいと思っているのですが五月中は無理のようです。二十日すぎに熊本の水俣病の資料をあつめる出張があるのですがまたさきの山口行きと同様ほかのひとに代られてしまいそうです。（後略）

山内の日記や手紙の中で「水俣病」という言葉が記されているのはこれだけである。当時、熊本に加え、新潟でも水俣病が発生し、大きな社会問題となっていたが、その原因物質に対する政府見解すら未だに出されておらず、行政の無為無策に批判が集中していた。

山内にとってこの水俣行きは、厚生省に入ってから初めて直接水俣病問題に触れるチャンスだったと言っていい。

（5月2日）

帰りついて一時過ぎ。それでも明日いちにち分のしごとはたっぷり持って帰って来ているのです。どうやら一九六七年のゴールデンウィークはふたりの輝ける五月の日ではなく公害基本法の出来る地上最大の作戦―原題〝最も長い日〟となりそうです。

きょうの各省連絡会議はもはや泥試合。今朝のニュースあれは通産省の作戦ですな。そんなことはありません、それよりきのうの朝日の夕刊の記事あれは総理府の書かせたものでしょう。

いやいやあれは全く迷惑な話で、といった具合。肝じんの内容論議はそっちのけの論戦。これで政府の最終案がまとまるものやらと赤いネクタイの良心派―山内豊徳氏のことです―は憂慮の面持ちで会議の進行を見守っているわけです。残念ながら、テメエラ本気デ公害無クス気デイルンカ、とたんかを切って発言を求めることができるほど偉いわけではありませんが。司会者（総理府）の求めに応じごく技術的な見地から説明を加えるだけのオブザーバーとしてのかなり高いところからものを言っているのですから、お電話です（もちろん沼津局あたりからの）などと呼ばれても中断できない事情ですので念のため。

5月に入り山内は基本法対策の過労から子どもの頃患った骨髄炎を再発してしま

う。痛い脚を引き摺りながら、彼は連日深夜におよぶ法案づくりに臨んでいる。

（5月15日）

明日の閣議提出までこぎつけて基本法騒ぎもようやく一ラウンド。忙しいのと脚が痛いのとであなたに手紙を書くのが億劫でしたが一応ほっとしたせいか痛みも軽くなり書く気になりました。

あなたに心配かけるのがこわい気持とあなたに心配してもらいたい気持と入り混じった妙な気がかりでしたが電話で声をきいてわけもなく安心してしまいました。

脚の一本や二本と思うこともあるのですがむしろ体のことは本人よりもそばにいる者の方がこまることなのですから、ときどきあなたがどんな風に考えるだろうかと思いながらこの二三日を送っています。

もう十七年以上前の骨髄炎ですからすっかりこどものときの病気と思い込んでいたものですから、正直のところ少しばかりショックでした。

（5月16日）

電話でたしかめたら基本法は無事閣議決定とのこと。これでいよいよ来週あたりから国会審議。公害関係は委員長が社会党ですからせいぜいいじめられることでしょう。

プリントにして十ページばかりの法律ですが去年の八月に公害課に坐ってから公害審議会の答申—厚生省試案、各省連絡会議案、法律案つくりと十ケ月近く自分ひとりの作品ではありませんがやはり出来上ってみると感慨無量というところです。

法律つくりというのは、もちろんまず政策の問題です。

人の健康を保護し経済の健全な発展との調和を図りつつ生活環境を保全し……は厚生省案では、人の健康を保護しその生活環境を保全する……とあったのですが、調和という名のもとに人間本位の公害対策が後退するとすれば法律の一言はこわいものです。

こんどのしごとでしみじみ考えさせられたのは、ひとつは、産業界というものは意外と国を信頼していないということ。公害対策を厚生省が中心となって推進するというだけでこんなにも抵抗があるのかと思うと日本経済の国家不信のようなものを感じてぞっとします。資本家と革新政党の両極端がそれぞれ国家不信の思想でかたまっているのによくも政府が保たれているものと感心します。

もうひとつは役人が熱心だということ。とにかく集まれば口角あわをとばして大議論。もうこの辺でとは誰も言わないのですから立派なものです。役人はなまけものと言われますがどうしてどうしてなかなかしごと熱心なものです。もっともみんなが折れないので苦労したのが厚生省。結局まとめ役というものの損な役割なのでしょう。わたくしも気が長い方ではありませんでしたがおかげでいろいろの議論を辛抱強くきく術だけは身につけましたから将来官房長官くらいにはなれるでしょう。

山内が知子への手紙に記していた公害対策基本法づくりにおける困難について、その上司にあたる橋本道夫公害課長（当時）は次のように語っている。

「基本法ができる過程では非常に責められました。それも全然反対のサイドから責めるんですね。産業界は『お前は厳しすぎる。アカではないか、無政府主義者のシンパではないか』と。こっち側の住民運動なんかの方は『お前は資本家の番犬だ。企業の手先きである』と。そう言って責めるわけですよ。ここで良く考えてみると、やはり怒られるのは非常にいいことだと、そう思いましたね。自分が正しいことをしていて、両サイドから逆さまの条件で怒られるというのは、環境公害行政にとって極めて必要な条件だと思いますね」

山内が今回の法案づくりに対する様々な圧力を「ぞっとします」と表現している

のに対し、橋本はその圧力を行政にとって必要なものと考え、「非常にいいこと」だと受け止めている。

この違いは、ふたりの行政という仕事に対する姿勢の差、人間の資質の差から来るものだが、その後のふたりの進んでいった方向の違いを考えると、この時点での認識の差はとても興味深いものがある。

（5月15日　知子からの手紙）

「公害はごめんだ」というのは新聞の見出し、人間疎外もはなはだしいものなのですね。今さらながら問題の大きさに驚いておりますが、ここでやおら立上がったのが誰かさんなのかと思うとひどく英雄に思えるのだから不思議（お目出度いでしょ）。

英雄たる貴方が心細い声を出すので夢もキボウも崩れ去り。長い期間の通院でしょう。誰かの笑顔より医学にまさるものはないはず。どうぞ全治するまであせらずに。

（5月17日）

病状がどの様かは御手紙ではわかりませんが、骨髄炎は慢性の病気らしく日数もかかりましょう。そのつもりで初めから決心してかからねばならないはずです。御仕事の上での過労と栄養のバランスが原因とはやっぱり私の心配していた事が本当に。ここで口をすっぱくして申上げた所で無駄でしょうけど、御自分の為は勿論、ここに私がいることをお忘れなく申添えます。

紙上に色々賑わっていますね。国民の一人として絵に画いた餅になってほしくないと思いますし、本当に救世主となってほしいとつくづく思います。その為に貴方がこの様になってしまった事では少々うらみもありますけど……。


山内はこのあと骨髄炎が悪化し、2週間入院して治療に専念することになる。彼の水俣行きは結局、実現しなかった。

7月21日、公害対策基本法案は国会で可決された。通産省や経団連の圧力の中、難産の末に誕生した法律だった。

山内が知子への手紙の中で触れていたように、この法律の目的規定には「経済の健全な発展との調和を図りつつ」という一文が記された。公害行政のバイブルとも言うべき基本法に「経済」という一語が刻まれたことは、非常に大きな意味を持つ出来事だったと言っていい。これ以後、公害行政は常に国や企業の経済発展と国民の健康な生活の間を揺れ動きながら進められていく。

寒さなおきびしいおりお健やかにお過ごしでしょうか
さて私たちこの度トキワ化工社長高崎芳彦様ご夫妻のご媒酌により結婚式を挙げることになりました
つきましては当日さゝやかな披露の席をもちたいと思っておりますのでお多用のところ恐縮でございますがぜひご出席いただきますようご案内申し上げます

日時　三月十日（日）正午より結婚式
　　　午後一時より披露宴
場所　「竹栄」沼津市上土町
　昭和四十三年二月吉日

山内豊徳
高橋知子

1968年（昭和43）3月10日、日曜日、快晴。

山内豊徳と高橋知子は、知子の実家のあった沼津で結婚式を挙げた。豊徳は31歳、知子は26歳になったばかりである。式は出席者30名余、知子の親戚友人らと、橋本道夫ら厚生省関係者を招いてこぢんまりと開かれた。

新婚旅行は箱根だった。3月10日、11日と箱根に泊まった後、12日には伊豆へ向かう予定だった。式を終え、箱根町にあった姥子《うばこ》ホテルに移ったふたりのもとへ1本の電話が入った。厚生省からだった。どうしても明日、山内に厚生省へ出て来てほしいという。新婚旅行先まで呼び出しの電話をかけてくることに知子は驚いたが、旅行を切り上げて東京に戻ると言い出した夫にさらに驚かされた。しかし、仕事と言われてしまえば知子としてはどうにも逆らうことはできず、ふたりは東京に帰ることになった。11日、ふたりで芦ノ湖の遊覧船に乗ったのが知子にとって唯一の旅行の思い出になった。

東京に戻ったふたりは九段下の千鳥ヶ淵にあったフェアモントホテルに宿泊した。

翌朝、山内はホテルから厚生省に出勤して行った。知子は出勤する夫のうしろ姿を見つめながら、

（これが始まりか……）

としみじみと思った。

この日から22年間におよぶ官僚の妻としての知子の生活が始まった。そしてそれは、何千回と繰り返し見送ることになる夫のうしろ姿の始まりでもあった。

夫は知子に何の注文もしなかった。こうあってほしいという注文も、こんなことはしないでくれという文句もなかった。ある意味ではつまらないほど優しい人だった。

一緒に暮らしてみると、夫は知子が思っていた以上に無口であり、特に仕事については一切語ろうとしなかった。自分ひとりで完結していた。

帰宅しても何も語ろうとしない夫に対して知子は度々話をしてくれと懇願を繰り返した。その度に夫は、

「うん……でも仕事の話は家ではしたくないんだ」

そう答えた。仕事が生活のすべての人だったから、そうなると家ではほとんど会話らしい会話は成立しなくなっていく。夫が何をし、何に取り組み、何を考え悩んでいるのか、全くわからない状態が続いた。

ある日、不安から半ばノイローゼ状態になりかけていた知子は、布団の上に正座して帰宅した夫と向かい合った。眼から涙がこぼれていた。

「お願いですから今日あったことを何か話して下さい。何を食べたとか、何を読んだとか、ひとつひとつ話して聞かせて下さい」

思いつめて切り出した知子に対し、夫の答えはいつもと同じだった。

「うん。でも話したくないんだ」

知子はその答えを聞くと覚悟を決めた。

「わかりました。それなら今日から別々に寝ますから。おやすみなさい」

そう言うと自分の布団だけ持って隣りの部屋へ移ってしまった。夫はさすがに驚いたのか、困った顔をして知子の後について来た。

「そんなことはしないで下さいよ」

そう言って知子の布団の傍まで来た夫は本当にどうしたらいいのかわからない様に立ちつくしていた。

結婚当初はそうやって抵抗を試みた知子だったが、やがて諦めざるを得なくなる。どうしても夫は口を開こうとしなかった。その拒絶は、何か信念に根ざしているように思われた。そのうちに知子は帰宅した夫の表情から、(今日は仕事がうまくいったんだな)とか、(今はあまりうまくいってないな)と想像することで自分を納得させるようになる。

しかし、ごくたまにではあったが食後にふたりでお茶など飲んでいると、厚生省関係の雑誌に書いたエッセイを、すっとテーブルの上をすべらせて知子の方に寄越すことがあった。

「読んでくれ」と言うわけでもなく、感想を聞きたがるわけでもなかったが、そうする時の夫はどこか幸せそうだった。知子はこれが不器用なこの人の精一杯の愛情表現なんだろう、そう思うようになっていた。

ある日、夫は知子に、

「君はもっと簡単な男と結婚すればよかったのに」

と話した。

「じゃあ、あなたはなんで私と結婚したんですか」

知子は明るく切り返した。最初は返事を渋っていた夫はやがて冗談混じりに話し出した。

「初めて会った日、渋谷の駅でバス停へ向かって走っていく君のうしろ姿を見ていたら、このまま見合いを断られたらこの女の人はあんまり可愛想だなあ、と思ったもんだからさ」

夫は笑いながらそう言った。

# 5章 代償

1968年（昭和43）5月1日。

結婚して2か月もたたないうちに、山内は厚生省から埼玉県庁へ2年間の出向を命じられた。県庁でのポストは民生部福祉課長である。

厚生省は例年幹部候補生に対しこのような形で地方出向を命じ、福祉の現場を自らの肌で体感させるシステムになっている。これは他の省庁でも同じで、時期は多少前後するが、大蔵省であれば入省して約5年目に地方の税務署に税務署長として出向する。これにより組織の責任者としての訓練をつませるのが目的、と言われている。

新婚の山内は妻の知子とふたり、埼玉県浦和市（現さいたま市）別所沼《べっしょぬま》の官舎に移り、新しい生活を始めることになった。厚生省に入って9年目、山内31歳の時のことである。

県庁出身者が課長に昇進するのは早くても40歳前後である。中央から来た若いエリートが現場の職員達と協力しながら仕事を進めていくのはなかなか困難な点も多い。当時の埼玉県の福祉課は総員52人。庶務係、企画係、保護係、医療係、社会係、同和対策係、更生係、老人福祉係の8つの係に分かれていた。

山内はその長として福祉行政に取り組んでいく。後になって山内自身、最も楽しかった時期と振り返ることになる日々であった。

山内が着任した当時、埼玉県は前年の9月に国体を開催した直後でもあり、予算も精力もそのために使い果たしていた。高度経済成長に伴う都市労働者の流入で埼玉県の人口は急増を続ける一方で、住宅、道路、学校等の文化施設の建設整備は遅れ、保育施設や公園も不足していた。特に福祉対策の遅れはひどく、重度身体障害者の施設や対策などは皆無と言ってもよい状況だった。

前任者がこの施設建設計画に着手したのを引き継ぐ形で、山内はこの障害者対策を具体化していく。この年の11月21、22日の両日、山内は当時障害者対策の進んでいた大阪、愛知を訪問、調査を重ねた末、埼玉県嵐山《らんざん》町に重度身障者のためのコロニーを建設すべく計画をまとめ、課長補佐をしていた冨張《とみはり》武次とふたり、知事に会いに行った。

当時知事を務めていたのは四選され、長期政権に入っていた栗原浩《ひろし》だった。

「施設の必要性は充分わかった。しかし、国体で随分予算を使っちゃってねえ……。体育施設は大分整ってきたんだけどねえ。下水、水道、道路の整備もままならない状況なんで、そっちに追われちゃって障害者まではなかなか手が回らないんだよ」

説明を聞いた栗原はそう言って山内をかわそうとした。

「知事は四選にあたって4つの目標をかかげたじゃないですか。そのひとつ目が社会福祉の充実だったんじゃないですか。金がないでは済まされませんよ」

山内はこう言って知事に詰め寄り、一歩も後に引かなかった。

知事と山内のこのやりとりの後、障害者施設の建設にゴーサインが出されている。施設の完成は1975年で山内が厚生省に戻った後だが、この障害者施設建設において山内の果たした役割は少なくない。

31歳の新任課長が知事相手に一歩も引かずに交渉する姿を目の当たりにした課長補佐の冨張は、この時の山内の姿が強く印象に残った。冨張の長い現場経験から言って、中央官庁から2年間の出向でやって来る課長は、そのほとんどが頭脳的には秀れていても、自分から積極的に福祉に取り組んでいこうというよりは、2年間は大きな失敗なく過ごし、早く元の省庁に戻ろうとする人間が多い。着任早々、知事に意見をするなど前代未聞だ。

(今度の課長は随分違うな……)

冨張はそう思った。山内在任中、冨張は常に課長補佐として山内の取り組みを助けながら、その歩みを共にすることになる。

山内が次に取り組んだのは同和対策だった。被差別部落の生活環境改善や部落の人々の教育、就職等における差別は戦前から大きな問題としてあったにもかかわらず、国、地方自治体ともほとんど放置したままだった。国の同和対策方針を定めた「同和対策審議会答申」は1965年に出されてはいたが、地方自治体では「寝た子を起こすな」といった風潮がまだまだ主流だった。

にもかかわらず山内は、当時担当者4人足らずの係でしかなかった部署を同和対策室として独立させよう、と言い出した。

「臭いものに蓋では駄目だ。その場だけ押さえていればいいというのが行政の一番いけないところだ。虐げられた人々にはチャンスを与えてあげて、伸びる人はどんどん伸ばしていかないと」

山内はそう会議でも発言し、被差別部落内の道路整備等の予算を獲得して、地域改善事業に取り組んだ。

当時の埼玉の部落解放運動の中心的な役割を果たしていたのは部落解放同盟の野《の》本武一《もとぶいち》である。野本は何度も県庁に足を運び、担当者と激論を交わしていた。その厳しい態度を恐れて逃げてしまう担当者が多かった中で、1970年（昭和45）10月1日に新設された同和対策室長に就任した山内は正面からこの問題に取り組んだ。

埼玉赴任時代のある正月のこと、知子は山内に連れられて、当時、大宮市大成町にあった野本の自宅に年始の挨拶に行くことになった。当時は部落に対する偏見は

強く、知子は周囲の人々から「日本刀で嚇される」とか「糞尿を撒き散らしてすごまれる」などと言われて脅かされ、

「こんな仕事の人と結婚しなければ良かった……」

と怯えていた。

しかし覚悟を決めて訪問したにもかかわらず野本は非常に穏やかで、山内との間に静かな会話が交わされただけでこの日の訪問は終わった。知子の危惧はいっぺんに消し飛んだ。と同時に被差別部落の人々が根拠のない偏見によっていかにその姿が歪められて伝えられているかも理解した。

ある晩、帰宅した山内が知子に、

「今日は野本さんに『課長、あんたは恐ろしい人だね』と言われたよ」

とポツリと語ったことがある。具体的な話の内容は知子には理解できなかったが、山内はなんとなくうれしそうだったという。


次に彼が取り組んだのは老人福祉だった。山内の官僚としての優秀さのひとつはその先見性にある。重度障害者施設、同和対策、どちらも国の行政に先行する形で取り組んでいる。老人福祉対策がまだ全国的に見てもほとんど手付かずの状況だった時に、山内はその重要性に着目した。

「冨張さん、老人問題はこれから国家的な問題になっていくはずだ。4人なんていう少ない人数でやっていちゃ駄目だよ。もっと人数を増やさないと」

冨張にそう語りながら、山内は老人福祉係を課に昇格すべく動き回っていたという。

そして、それらどの取り組みよりも山内が情熱を持って取り組んだのが若手職員の教育だった。

「冨張さん、うちの職員はみんないい、相当いい素質を持ってるよ。これを何とか伸ばしてやろうよ」

山内はいつもそう言っていた。そして若い職員ひとりひとりと食事をしては福祉について熱く語りかけた。それは不思議なほど、お説教臭くはなかったという。

「人間はね、人を愛するという気持ちがなかったら人間じゃないよ……。これは福祉に限ったことじゃない。行政に携わるすべての人間の基本は人を愛するという気持ちを持つことだよ」

「相手の心を汲み取って人に対処するようにしないといけない。自分の立場だけで判断をしていちゃ福祉の仕事は駄目だよ」

「力に負けちゃだめだ……。あくまで正しい者の味方をする。強い者の味方をするんじゃないんだ。数を頼りにして来る人々の中にも正しい人がひとりやふたりは必ずいるはずだ。それを見極めて、その少数者の声なき声を聞かなくちゃいけない」
「福祉の真髄は与えるだけじゃいけないんだ。その人が自立するためのお手伝いをするのが福祉の役割なんだよ。時には頑張れ、しっかりしろと叱咤することも必要になる時があるんだ」

それまでの福祉課長は、陳情に来る者に対しては係の者に任せてしまうのが通例だったが、山内は自ら出て行って陳情者の訴えを自分の耳で聞いた。その姿はとても精力的であったと同時に、楽しそうだったという。

予定された2年の出向期間が過ぎた時、もう少し山内課長に在任してもらえないか、という声が職員の中からあがった。異例ではあったが民生部長の田甫《たんぼ》達郎が厚生省の人事課長に直訴に行った。

「山内君が取り組んでいる同和対策事業もようやく軌道に乗りかけたところだ。厚生省に復帰した後の昇進に悪影響を及ぼさない、ということを前提にして、本省に戻すのをもう半年だけ待ってもらえないだろうか」

田甫は率直にそう申し出た。驚いたのは本省の職員のほうだった。

「普通は迷惑だから早くお引き取り願いたいというものだが、もう少しいてほしいと言われたのは厚生省では初めてですよ」

担当官はそう笑いながら答えた。

田甫の直訴は受け入れられ、山内はしばらくの間福祉課長として埼玉県庁に留まることになった。

埼玉在任中の1969年（昭和44）6月19日、山内家には長女が誕生した。

山内は、男の子が生まれたら豊貴《とよたか》と名付けるつもりでいたが、女の子の場合を全く考えていなかった。困った山内は、知子が出産のために入院していたのが、沼津の実家の近くの「上香貫《かみかぬき》病院」だったことから、知子の知の字と上香貫の香の字をもらい、娘に知香子《ちかこ》と付けた。

山内は子供が嫌いだったわけではない。しかし、子育ては知子に任せきりだった。官僚という職業の忙しさのせいもあるが、知子は夫に（父親としての意識は希薄だ）と感じていた。

山内は両親の愛情を受けて子ども時代を送ったという記憶がない。物心ついた時には母は家を出ており、父は戦地にいた。父が子どもにどう接するのか、夫が妻にどう接するのか、どう愛を伝えるのか、彼は身近にその具体的なモデルを持っていなかった。愛情の伝え方を学ぶことができぬまま彼は成人している。彼が夫になり父になっても、いわゆる一般的な意味では彼は優しさを伝える術《すべ》を見出《みいだ》せなかった。しかし、それは彼が優しさを持ち合わせていなかったからではない。彼は彼の内側にあふれる人間的な優しさを、福祉行政という形で放出していたのである。つまり彼の福祉への取り組み、弱者への優しさは、妻や娘という最も身近な人間に対してどうしてもうまく伝えられない優しさの代償だったといっていい。だとしたら、彼の官僚としての取り組みが真摯であればあるほど、彼の人生はなんと不器用で哀しいものだったのかと思わずにはいられない。

1971年（昭和46）5月1日、山内は厚生省に戻った。結局、丸3年、埼玉県民生部の福祉課長を務めたことになる。山内が本省に戻ったこの日、民生部に山内の念願だった老人福祉課が設置されている。彼の3年間の行動、発言は、冨張をはじめ多くの職員の心に長く記憶されることになる。

山内が厚生省に戻り、年金局年金課から再スタートを切った1971年は日本の公害行政にとってエポックメイキングとなった年である。

70年代、高度経済成長に伴い、日本全国で多発した公害は社会的にも大きな関心を呼び、公害反対運動がそれまでにない盛り上がりを見せていた。

1970年12月末、いわゆる「公害国会」が開催され、14の公害関係の法律が可決されるとともに、山内が取り組んだ基本法の前文から「経済との調和」条項が削除されている。そして、1972年度の予算編成の過程で、環境庁の設置が決定された。四日市公害訴訟で原告患者側が全面勝訴するなど、公害行政が世論の追い風を受けながら大きな前進を遂げた時期である。

1971年7月1日、山内が厚生省に戻ってから2か月後、環境庁は予算39億7000万円、定員502人で発足した。小所帯ではあったが国民の期待を担ってのスタートであった[15]。約500人の職員は、厚生省から283人、農林省61人、通産省26人等12省庁からの寄せ集め。当然のように局長、官房長といったポストをどの省庁出身者が占めるのかで争いが起こった。結果としてはトップ3である事務次官、企画調整局長、官房長に厚生省と大蔵省が交替で就くというルールがつくられた。水質保全局長は農林省、審議官は通産省ということで落ちついた[16]。一致団結して公害に取り組むというよりは環境行政をいかに自分の出身省庁に有利に展開させていくか、職員にとってはそれが最大の関心事だったと言ってもいい。そんな複雑な背景を背負いながら環境庁はスタートした。1971年とはそういう年である。

この成り立ちひとつ取ってみても、環境庁のスタートは順風満帆というには程遠かった。そしてその出発点において押しつけられた荷物も少なくなかった。そのひとつが水俣病だった。

代々木の新庁舎に「環境庁」の看板を掲げた山中貞則《やまなかさだのり》初代環境庁長官はその直後、「水俣病を告発する会」のグループ30人に取り囲まれ、申し入れ書を突き付けられた。環境庁の多難な前途を象徴する出来事だった。(17)

この頃、水俣病は混迷を極めていた。１９５９年、厚生省の調査結果が闇に葬られて以後、新日本窒素の工場廃水は何ら対策が講じられることなく、たれ流され続けた。この年の12月、水俣工場は排水施設に浄化装置を取り付け、問題は解決という態度を示したが、この浄化装置は有機水銀にとって何ら浄化の役割を果たさないことが後になってわかる。工場側はそのことを初めから知っていたが、漁民とマスコミの眼をごまかすため、カムフラージュとして取り付けたという卑劣なものだった。

水俣を何の教訓にもできなかった企業と行政は、１９６５年、新潟県阿賀野川沿岸の昭和電工アセトアルデヒド製造工場の廃水による水銀中毒、いわゆる新潟水俣病を新たに生んでしまうことになる。

熊本水俣病と新潟水俣病に対する政府見解は通産省などの抵抗に合い、なかなか発表できずにいたが、１９６８年９月26日、ようやく厚生省と科学技術庁によって発表される。熊本水俣病公式発見から実に12年４か月が経過していた。

水俣病は水俣湾産の魚介類を長期かつ大量に食べることによって起こった中毒性中枢神経疾患である。その原因物質はメチル水銀化合物であり、新日本窒素水俣工場のアセトアルデヒド酢酸設備内で生成されたメチル水銀化合物が工場廃水に含まれて排出され、水俣湾内の魚介類を汚染し、その体内で濃縮されたメチル水銀化合物を保有する魚介類を地域住民が食べることによって生じたものと認められる[18]。

原因がチッソの工場廃水と認められて以降、水俣病をめぐる問題はふたつに絞られた。ひとつは補償金額に関するものである。

患者家庭互助会は1959年、低額の見舞金を押しつけられて以後、活発な活動はしていなかったが、政府見解が出されて以降、新たな補償交渉を開始する。しかし互助会はその内部で議論を重ねた結果、厚生省に任せて補償金額等を決定してもらおうという一任派（65世帯）と、裁判で決着をつけようとする訴訟派（28世帯）の2派に分裂した。

1970年5月27日、死者一時金170万円から400万円、生存者一時金80万円から200万円、年金17万円から38万円ということで一任派に対するチッソの補償金は決定する。しかし、これは大事故による死者への補償額の5分の1程度のものであった。

一方訴訟派112人はこの低額補償に抗議。同年6月14日、総額約6億4000万円を求めて熊本地裁に提訴、水俣病問題は裁判闘争の時代に入っていくことになる[19]。

もうひとつの問題は水俣病の認定制度をめぐるものである。1959年12月25日、熊本県は水俣病判定のため、「水俣病患者審査協議会」を設置する。この協議会が患者の診断、水俣病棟への入退院の判定などを担当することになる。協議会は1961年9月、厚生省により改組され、メンバーも7人から10人に増員、「水俣病患者審査会」として再設置された。この審査会が以後、水俣病の補償受給資格の審査を行なうことになる。しかしこの認定制度は、水俣病かどうかを判定する基準が非常に厳しく、申請をしても棄却される人が圧倒的に多かった。環境庁が設置された1971年当時、水俣病はこの認定基準をめぐって大きく揺れていたのである。申請を棄却された患者達は連帯し、行政不服審査請求に動いていた[20]。

こういった状況の中で1971年7月5日、大石《おおいし》武一《ぶいち》が第2代環境庁長官に就任した。大石は約1年にわたって長官に在任し、新設環境庁の方向性を身をもって示していく。

大石は8月7日、熊本、鹿児島両県知事に対し棄却処分取り消しの裁決を求めると同時に、水俣病患者認定要件に関する通知を事務次官名で出した。これがいわゆる「46年度事務次官通知」である。この通知は患者救済への道をそれまでよりも広げるべく出されたもので、医学や各省庁間の縄張りを超えて提出されたひとつの英断と言ってよいものであった。

認定申請人の現在に至るまでの生活史、その他当該疾病についての疫学的資料等から判断して当該地域に係る水質汚濁の影響によるものであることを否定し得ない場合においては、その者の水俣病は、当該影響によるものであると認め、すみやかに認定を行うこと。

大石はこの通知について、同年8月26日の参議院公害対策特別委員会で次のように説明している。

私どもとしましては、やはりあの水俣病にたいしましては、できるだけ広く救済をする方向でいきたい。できるならば正確な診断はもちろん当然でございますが、疑わしい者につきましても、水俣病に多少でも関係があると思われるものはできるだけ拾ってはどうであろうかと。

（中略）はっきりとこれは間違いない、水俣病だ、原因、結果とも水俣病だというものはもちろんでございますが、あの有機水銀にどうしてもこれは多少関連があると認められるものにつきましても拾ってほしいという考えから、もう一度の御再考をわずらわしたわけでございます。（中略）たとえば純粋の水俣病以外にほかの症状があるような場合でありましても、いわゆる有機水銀を摂取しておった、あるいはその家族の一員としていろいろ長い間食べておったというような場合には、やはり有機水銀がその原因の一つではないとは否定でき得ない場合もあると思います。そういう場合もひっくるめまして、広い判断からここに御判定を願いたいという考えでおるわけでございます[21]。

大石の考えは、多少医学的に疑問は残っても、水俣病の不安と恐怖に苦しめられてきた人々を少しでも多く救いたい、という人間的な良心に基づくものである。当時は公害行政は人間の良心に基づいて進められた、少なくとも進めるべきだと考えられていた理想主義の時代だった。

環境行政は世論の追い風を受けながら束の間の豊かな時を送っていた。1973年のオイルショック以後、高度経済成長の神話が崩れたのを境にして、企業の合理化により公害対策費が削られ、公害行政は一気に逆風になるのであるが、この短い追い風の時期にあってさえ、環境行政に対する通産省、運輸省等いわゆる経済界側の省庁からの圧力は相当なものがあったと考えられる。

1972年2月、そんな圧力を象徴するひとつの事件が起きた。

環境庁大気保全局自動車公害課長だった榊原孝（41歳）が家族を残したまま、1月28日から行方不明になっていることが環境庁から発表された。榊原は当時、排気ガス規制法づくりの責任者だったため、失踪はマスコミで大きく取り上げられた。

最近、家族に「疲れた」ともらしており、徹夜つづきの予算編成や規制基準をめぐり運輸省と折衝、自動車業界の動向への配慮など気苦労の多い日ごろの仕事に疲れ、ノイローゼ気味だったらしい。

妻の香代子さんの話。

「昨年暮れの予算編成の時には徹夜の連続、一月にはいってからも帰宅は夜の九時か十時で口ぐせのように『疲れた』『疲れた』と言っていました。昨年夏、辞令をもらった時には『大変な仕事だ』ともらしていましたが、家では役所のことは絶対口にしない人で、心当りは全くありません。私は、気の大きな人、と思っていましたが、新しい役所で苦労が多かったのでしょう。酒好きで毎晩のように晩酌をしていましたが、最近は量がやや減っていました。からだは丈夫で、病欠したこともほとんどありません」

当時の新聞にはそんな記事が見られる。

榊原は１９５３年に名古屋大学工学部を卒業、運輸省自動車局整備部車両課に入ったあと、環境庁発足まで常に車両整備関係を歩いてきている。環境庁発足と同時に出向、自動車公害課長に就任した。公害課では当時、ディーゼルエンジンの一酸化炭素規制づくりにとりかかっていて、３月中に結論を出すことになっていた。

この法律づくりに対しては自動車業界や運輸省から現在の技術水準ではコスト高になる上、大量生産に向かないと強い反対が出ている。法制定に関係して出身省庁である運輸省の意向と、環境庁の姿勢の違いの中で板挟みにあっていると同僚に悩みをもらしていた。家族には「この法律がうまくいかなければ役所をやめるから、俺は仕事をみつけるから、お前と子どもは実家に帰れ」と話していた。ある晩などは、深夜突然奥さんを起こして、新しい法律による排気ガス規制を示したグラフを持ち出して家族に説明しながら、「困った、困った」と呟いていたという。完全なノイローゼ状態だった。環境庁は法律づくりの責任者の失踪とあって厳重な箝口《かんこう》令を敷き、当初失踪の事実をひた隠しにした[22]。

真剣に環境行政を考えれば考えるほど担当官は苦しむことになる、という複雑な面を環境行政はそのスタート時点から持っていたのである。

70年代前半、環境行政と同じく厚生福祉行政も飛躍的に進んだ。しかし、未だ何ら対策が講じられず放置されたままになっているものも多かった。そのひとつにてんかん患者対策がある。てんかんは法律的には精神病扱いだったため、身体障害者等とは区別され、福祉の対象としては考えられていなかった。松友了《まつともりょう》（『日本てんかん協会』常務理事）は自らてんかんの子どもを持つ親としてこのことに疑問を持ち、てんかんの子を持つ親10人程で『親の会』をつくると、なんとか福祉の対象にしてもらおうと当時の厚生大臣（齋藤邦吉）に陳情書を持って行った。1973年のことである。その陳情を受け、松友を厚生大臣に引き合わせたのが山内だった。

山内は厚生省に戻り、年金局年金課に課長補佐として2年間所属した後、この年の7月に厚生大臣秘書官事務取扱に就任していた。山内は松友からてんかんについての説明を受け、何ら福祉対策がとられていないことに福祉行政官として大きな疑問を持ったようだ。何とか救済策はないものかと奔走した山内だったが、法律的には全く方法がないことを知ると、個人的に患者救済に乗り出していく。

「てんかんという病気は精神保健法という法律に基づいて精神病扱いで行政がなさ

れています。この行政は医療をセクションとした所轄が担当します。山内さんは福祉のほうが担当でありまして、これは福祉法に基づいた行政がされているわけです。アメリカなどではてんかんも子どもの障害ということで福祉のわく内で対応されているんですが、日本ではそういう対象ではないんですね。

私達が陳情にお伺いした後、山内さんは障害福祉課長になられました。ここの課は主に障害を持った子どもさん、あるいは精神薄弱児を対象にしたセクションなんです。てんかんはセクションとしてはもちろん障害福祉課ではないんですが、山内先生には課長とか役人であるという形を越えて運動支援といいますか、さらには運動参加していただきました。福祉課の部屋全体に私達『てんかん協会』のキャンペーン用のポスターを貼りめぐらせていただいたり、バザーの時には毎年ご自分で品物を持って来ていただいたりもしました」

松友は山内のことをそう語った。

普通、役所ではなわばりがはっきりしていて他の部署のことには口を挟まないしきたりになっている。そのことは松友も良く知っていたからこの山内の行動には驚いた。この頃の山内の年賀状には新年の挨拶に続いて「てんかん協会」の紹介文が印刷されており、お年玉年賀切手が当たったら是非協会に寄付してほしい、と私書箱の番号が記されている。山内は何故こんなにも松友たちの運動に個人的に加担したのだろうか。

「私自身は子どもがてんかんですし、協会員6000人の多くはてんかん患者の家族だったり、専門医だったりするんですが、彼は全然そういう立場ではないわけです。言ってみれば一行政官、それも直接の所轄でもなかった行政官です。彼がなぜわれわれを支援してくれたのか、てんかん問題を理解してくれたのか……今となってはわからないのですが……。

ただ私の推量としましては、100万人近い子ども達が悩んでいると、それに対する福祉的対策もないと、その実態を彼はひとりの人間として鋭く理解されたんではないかと思います」

松友は山内の行動をそう受け取っていた。埼玉から東京へ戻り、1972年（昭和47）には次女の美香子が生まれ、山内はふたりの子を持つ父親になっていた。家庭での山内は子煩悩な父親といった姿とは程遠かったが、同じ子を持つ親として、松友らの取り組みに個人的に共感したのであろう。

家での教育などは妻に任せきりで、知子が「1億人の福祉のことよりも、たまには3人の福祉のことも考えて下さい」と言うと、「お前はひどいことを言うな」と漏らしていたという。

しかし、この頃書かれた山内のエッセイには楽し気に娘たちふたりのことを記したものも多く、父親としての意識が全く希薄だったとは一概には言えない。仕事が早く終わったときなどは、渋谷にある『童話屋』という絵本の専門書店に度々立ち寄って、娘ふたりのために童話を買って帰っている。1979年（昭和54）、娘達が小学校の2年生と5年生に進学していたある日、山内家のテレビが壊れてしまったことがある。家族はすぐに買いなおそうと主張したが、山内はこれを機会に家からテレビを追放、その代わりに毎晩寝る前に娘ふたりに童話を読んであげる約束をする。この約束のおかげで山内の『童話屋』通いもより頻繁になった。「ピーターラビットシリーズ」、グリーナウェイの「ハメルンの笛吹き男」、「ニルスのふしぎな旅」や新美南吉、矢川澄子、坪田譲治といった作家の作品が次々と山内家の本棚に並んでいった[23]。

逆風への危惧を内包しながらも、逞しい情熱と正義感が福祉環境行政の現場に溢れていたごく短いこの時期、山内も行政マンとして、父として、束の間の幸せに身を浸している。しかしそれは今振り返ってみれば、本当に束の間の出来事だったのである。

# 6章 誤算

1978年（昭和53）7月3日。

水俣病問題をめぐって環境庁事務次官名で再び通知が出された。「水俣病の認定に係る業務の促進について」と題されたこの通知は水俣病の判断条件について、諸症状は、「単独では一般に非特異的である」から「総合的に検討する必要がある」として症状の組み合わせを重視し、「疑わしきは救済せよ」とした前回の次官通知を全面的に否定した。こうして、水俣病患者認定は再び厳しい基準に逆戻りしてしまう。(24)

大石長官が「水俣病を否定し得ない場合は認定せよ」という事務次官通知を出して以後、認定申請者が急増し、1977年9月末までの水俣病認定患者は1180人、補償金額は307億円に達していた。石油ショックにより経営収支が赤字に転じ、チッソはなんとか認定患者の数を減らしたいと考えていた。

政府はチッソ救済策としてふたつの方策を考える。ひとつは熊本県が「県債」を発行し、政府と、チッソのメインバンクの日本興業銀行がそれを引き受け、その金をチッソに貸しつけるというもの。もうひとつの救済策として考えられたのが「認定基準の見直し」という名の「患者切り捨て策」だった。(25)

この患者切り捨てが始まったのは2度目の次官通知が出される3年前、1975年8月に起こったある事件に端を発している。熊本県議会公害対策特別委員会の委員長ら2人が7日に環境庁を訪れ、水俣病対策について要望、次の様に発言した。

「ニセの患者が補償金目当てに次つぎに申請している」

「認定審査会はこうしたニセモノとホンモノを見分けるのに苦労している」

この頃から『週刊新潮』などを中心に「ニセ水俣病患者告発」報道が目立つようになる。1977年1月には『週刊文春』誌上に当時の環境庁長官石原慎太郎の次のような発言が掲載された。

「水俣は自分の眼でみて洗い直すつもりだ。疑わしきは救おうということで医療救済するのは結構だが、県民、国民のカネで救済しているわけで、公害が原因でない人も患者の中にはいる。患者集団に十いくつの派閥があるんだろ、お医者さん、新左翼、野党がついていてね。イデオロギーで左右する問題じゃないんだけどね」

(『週刊文春』昭和52年1月27日号)[26]

低成長時代に入って公害対策に予算をさきたくない企業と、その企業と協力関係を維持し続けたい政府、その御機嫌取りに終始する一部のマスコミが水俣病を始めとする公害患者切り捨てのため、組織的な取り組みを行なった。彼らは経済団体や通産省を通して厚生省や環境庁に有形無形の圧力をかけた。

この圧力の「犠牲者」のひとりであり、公害病患者にとっては加害者の役割を果たすのが１９６７年、山内とともに公害対策基本法をつくった橋本道夫である。

橋本は基本法をつくったあと、$SO_2$（二酸化硫黄）の環境基準を制定、さらに１９７３年に公害患者救済のため、汚染企業からあらかじめ予算を供出させて患者の補償にあてるという「公害健康被害補償制度」をつくった。まさに橋本は日本の公害行政の進歩と歩みをともにしながら彼の官僚としての経歴を積み重ねていく。しかし１９７５年8月、環境庁大気保全局長に就任した橋本は、当時複合汚染の元凶と言われていた$NO_2$（二酸化窒素）の環境基準を3倍に緩和、公害患者達から裏切り者と批判を浴びることになる。

この法改悪に先立ち、１９７５年4月11日、基準見直しを迫っていた企業、通産省の動きに同調する形でサンケイ新聞の「正論」欄に『不当な環境行政改めよ』と題された論文が掲載されている。この中で筆者は$NO_2$の環境基準が不当に厳しいと指摘した上で、「米国の鉄鋼業界のトップは（このような事情を聞いて）『他国に例のない賠償制度や厳しすぎる基準、住民運動などの重圧で日本の企業は潰れるのではないか』と筆者に語った――」という形でオイルショック後の庶民の不安をあおり、気管支ぜんそくの患者の苦しみなど全く無視する形で、基準改正が急務であると訴えている。この筆者こそ当時、東京工業大学名誉教授だった清浦雷作である。１９５０年代、水俣病原因究明において非有機水銀説を説えた清浦が、１９７

0年代、再び通産省の代弁者として環境行政悪化に大きな役割を果たすことになるのである。

1973年5月に定められた$NO_2$の環境基準は1日平均0・02ppmだった。当初からこの基準に対しては自動車業界、鉄鋼業界を中心として大きな反発があった。橋本が1978年に行なった環境基準改定は、これら企業側の意図に全面的に応える形で行なわれたものである。

「73年の$NO_2$日平均0・02ppmという基準、これをつくった方々の気持ちは痛いほどわかりました。水俣を二度繰り返した。四日市公害を生んでしまった。四日市の大気汚染があれだけひどかったので、$SO_2$(二酸化硫黄)では細かい疫学データが出たんですよ。しかし$NO_2$はまだそこまで研究が進んでいなかった。しかし、データがそろうまで待っていたら、どんどん大気汚染は進んでしまう。だから『割り切ろう』といって、当時あの基準をつくられた気持ちは良くわかる。

しかし、疑問に思った点もいくつかありました。

$NO_2$の1日平均値0・02ppmというのはね、厳しければ厳しいほどいいという角度から見たらそりゃいいですよ。しかし、私達が絶えず研究協力していたグループも、やはりあのデータだけであそこまで割り切れないんじゃないかという意見を持っていました。

社会的政治的価値にすべての優位を置くならば割り切るという方向なんですよ。しかし、行政というのはね、社会的政治的価値にだけすべての優位を置いて判断するというんじゃないんですよ。やはり科学的合理性というのと、それから公正さ、それから様々な問題の均衡を持って判断しますとね、やはりこの基準は弱いな、という感じがしましたね。

それからもうひとつはね、やはりこの1日平均0・02ppmというのはすごくきれいな、北海道の類いまれなところの空気の条件なんですね。そうするとね、その条件にしろというのはあまりにも無理ですね。厳しければ厳しいほどいいというのもね、そういう運動の論理があるのはわかるけれども、しかしこれはやはり公害行政としてやっていく上では非常に無理があるなあと思ったですね。

ですから科学的に再検討してみて、それで5年間の新しいデータをためてどういうことが出てくるかということを基礎にして判断しようということを私、大気保全局長になった1975年に決めまして、73年から5年間、つまり1978年までの新しいデータをすべてチェックした上で基準改定というのをやったわけです」

橋本道夫は当時を振り返ってこう言っている。

73年の環境基準はデータもそろっておらず、政治的な判断によってつくられたもので、78年の基準改定は科学的な判断によるものだった、というのが橋本の主張だ。

1978年3月、中央公害対策審議会から環境庁に対して答申が出され、$NO_2$の基準は1日平均0・02ppmから最大0・06ppmに、3倍緩和されることになった。

この基準改定の意図について橋本は7月6日の国会でも厳しく追及されている。

**質問者**　各自治体で公害防止計画をずっとつくってきました。その公害防止計画は、少なくとも現行環境基準を何としても達成しようと、大変な努力を今日まで積み重ねてきたわけです。財界や企業からもいろんな圧力があったにもかかわらず、それをはねのけて努力してきた経過がある。ところで、最近の環境庁の動きを見ていると、せっかくわれわれが企業と場合によってはけんかをしながらもこれだけ積み上げてきたのに、水のあわになってしまう。環境庁に対する物すごい不信が実は出て来ているわけであります。今回の見直しで、これまで$NO_2$規制をまじめにやったところほど迷惑している。こういう自治体の積み上げや努力に対してあなたはどう考えているんですか。

**橋本**　いまのところが、これは改定問題について大気保全局長としましては一番苦しむところでございます。いままで非常に努力していただいた方に私は非常に申しわけないと思います。裏切りと言われようが何と言われようが、これは非常に申しわけない気持ちがいっぱいでございます。その責任は私にあると思います。

**質問者**　あなたも苦しい答弁を繰り返すことになるだろうと思うんですがね。地方自治体から裏切りとののしられようが何であろうが、私はやりますと言う。あなたの説明では。（中略）どうも橋本さんの背中の方に何か影がつきまとっている。橋本さんは比較的環境行政では評価されてきた人だと思う。その橋本さんの変心は何だったんだろうか。このことがみんなにいまある意味では非常に厳しく、あるいは疑惑も含めてやっぱりかぶさってきているということをひとつ考えていただきたい[27]。

この基準緩和をめぐる国会論議の中で、鉄鋼連盟が出資した財団法人『鉄鋼設備窒素酸化物防除技術開発基金』（通称ＮＯ$_x$基金）が65人の学者に対し、研究費名目で6億円をばらまいていた事実が明らかにされた。この学者達の中に、今回の基準見直しを環境庁に答申した中央公害対策審議会のメンバーが含まれていたことから、この答申の科学的判断そのものに疑惑が生じた。

**質問者**　そういう環境基準を緩和する方向に猛烈なプッシュをしている鉄鋼連盟、石油連盟、電力協会《（ママ）》あるいは自動車等々とかかわりのある学者、まともにこれは審議できないと私は思っているんです。そういうかかわりを持つ人たちが学者という仮面でどんどん中公審なり専門委員会のメンバーになってきている。結果に影響があったかなかったかはここはおいておきましょう。しかし、それだけめんどうを見てもらっていれば、その企業や企業が構成している財団には逆らえない、余り批判的なことはできないというのが世の常だし、人情じゃありませんか。（中略）

私は率直に言って橋本さんでも財界の圧力に抗し切れなかったのかなという感を否めないのであります。

橋本はこの基準改定についてその著書『私史環境行政』の中で、経済界からは「なぜアメリカや国際的にも他国が認めている年平均0・05ppmにしないのか。年平均0・03〜0・02ppmという指針は不必要に厳しいものだ[28]」という攻撃や圧力がかけられた、とその事情を説明している。

患者達はこの橋本の行為を企業の圧力に屈した寝返り、と批判した。

しかし、橋本には寝返ったという意識はまったくなかった。なぜなら、橋本にとっての行政とは100％患者側に立つものでも、企業側に立つものでもない。世論や時代状況、公害反対運動の盛り上がりの度合い、経済成長の伸び率などを考慮した上で一番バランスの良いところを選んでいく、その折衷案を見つける作業が行政の仕事であると橋本は考えているからである。しかし、だとしたら行政の判断は、金と政治力をバックに圧力をかけて来る側に、常に有利にならないだろうか。

橋本はこう言っている。

「圧力のない社会というのがありますか……。どこだってありますよ。役所というのはみんな責任分担が違うんです。どうやってバランスをとるかと言ったら、論争してバランスをとるんですよ。環境と経済の調和をどうやってとるかと言ったら、それはモーレツに論争してとるんです。その点では日本の通産省は良く勉強している。要するに環境基準というのは科学的に不確かなものでしょ。だから認識と判断が違う。それに加えて利害政策の葛藤がある。これを決めるのが行政ですよ」

彼は「圧力」という言葉を「論争」という言葉に言いかえて評価している。そして彼の行政はこの「論争」の力関係によって、そのとるべき方向を決定していく。その結果住民運動に力がある時は住民寄りに、企業の発言力が強まって住民運動が盛り上がらない時代には企業寄りになる。そこには行政そのものの主体性は存在しない。人間としての良心にも左右されない、純粋な職業意識に裏づけられたバランス感覚だけが存在しているのである。自動車の台数が増加し、都市で0・02ppmというNO$_2$の基準を守ることなど現実問題として不可能だと判断すれば、橋本は守れそうなラインまで基準を緩めていく。現実に行政を適合させていくというこの橋本の姿勢こそ、生涯山内が身につけることができなかった官僚として生きていく上で不可欠の処世術なのかも知れない。

二人三脚で基本法づくりに取り組んだ山内と橋本。福祉環境行政に取り組むふたりの姿勢は、10年の月日を経て大きくその様相を変えていた。

遺言が残されていた山内の書斎の机の上には、橋本の『私史環境行政』が置かれていた。公害行政が時代とともに後退していく様子をひとりの行政マンの半生を通して描いたと言ってもいいこの書物を、山内はどんな気持ちで読んだろうか。

1978年7月11日、改定されたNO$_2$の新基準は環境庁によって告示された。それから1か月後の8月11日、橋本道夫は環境庁の局長の職を辞した。環境庁を去った橋本は、筑波大学に招かれ、環境科学研究科で環境政策の講義を担当することになる。

翌1979年、時の首相大平正芳は、今後の福祉行政について『日本人の持つ自立自助の精神』と『相互扶助の仕組み』を組み合わせていくと方針を示した。

これはまさに国による福祉行政の放棄に等しい発言である。

この年の1月23日、山内は社会局保護課長に就任している。保護課は生活保護関係の行政に携わる課で、山内は実質的な責任者として生活保護にかかわっていく。

翌1980年（昭和55）の秋、山内と福祉新聞社社長の河村定治との間でひとつの計画が持ちあがった。かねてから山内と親交のあった河村は山内の福祉に対する考察の鋭さに注目し、新聞に福祉行政をテーマにした連載記事を書かないかと持ちかけたのだ。

「うん。書かないでもないんですが、今の私の立場を考えるとどうしても筆が鈍る。それじゃあ、面白いものは書けないでしょう」

山内はそう河村に答えた。

「それならペンネームを使って下さい」

河村もなんとか引き受けてもらおうと粘った。しばらく考えていた山内はこう切り出した。

「それじゃあ、筆者は日本に詳しい外国人ということでどうですか。イザヤ・ベンダサンという名前を使って日本人論を書いた人がいたじゃないですか」

「それは面白いかも知れない。是非お願いします」

そんなやりとりの末、連載はこの年の10月からスタートした。タイトルは『福祉の国のアリス』。筆者はスウェーデン人女性ジャーナリスト、アリス・ヨハンソン。日本の社会福祉研究費を受けて来日した人物と紹介されている。連載はまずフクシという言葉に触れ、世界的にはソーシャルサービスという実践的な社会活動を指す言葉が一般的であるのに、日本では何故フクシ（ソーシャルウェルフェア）という抽象的な理念が一般化したのか、という疑問を投げかけて次のようにその理由について考察を加えている。

日本人の心情を伝統的に支配してきたものの一つに仏教が説く「慈悲」の精神があります。自然との交流において、「もののあはれ」や「さび」といった独特の典雅な感覚を培ってきた日本人が、人間やその社会に対する態度として保持しているこれまた独特の感覚、それが「慈悲」と名づけられる博愛精神なのです。日本人がソーシャルサービスを「フクシ」と呼んで大切にするというのは、つまりはこの「慈悲」の教えに従ってのことなのです。（第1回）

戦後の新しい憲法、これは当時日本を占領していたアメリカ人が書いたテキストを基礎にして制定されたということで、今日の日本では一部の保守派政治家の不興をかっている憲法なのですが、その一節にソーシャルウェルフェアを高らかにうたいあげた箇所があるのです。（中略）とにかくこのとき憲法に規定された鮮烈な政策理念の表明によって、日本人の「フクシ」への崇拝が力づけられるようになったことは間違いありません。（中略）

ただいくぶん批判めいたことを申しあげさせて頂くならば、「フクシ」を国家政策の理念として憲法に位置づけた日本人の決断は、日本のソーシャルサービスのその後の発達にある種の不均衡をもたらす結果ともなっているようです。

日本のソーシャルサービスの不均衡な発達、それは一方にきわめて早熟な福祉国家の理念を育て、一方で未熟な技術や組織の遅れを残しているということです。日本の憲法が「フクシ」に与えた国家的威信は絶大な力を発揮しました。しかしどういう訳かその「フクシ」の理念は、ソーシャルサービスの実践の土壌に根を下ろさないまま、憲法という花瓶に飾られて育ってきているのです。（第2回）

今日でも日本人が唱える「フクシ」というのは技術や費用や人材を動員して運営されるソーシャルサービスのことではなく、憲法に謳われた国家の「慈悲」の責務ということなのです。（第3回）

山内はまずこうして日本人の福祉観を分析した上で、批判の鋒先を官僚へと向けていく。それは戦後、福祉に関係する法律をつくった官僚へまず、向けられた。

これらの法律の制定者たち、その立案にあたった官僚たちは官庁機構や建物としてのフクシ施設の設置には熱心でしたが、ソーシャルサービスの本質である技術や人材養成には驚くほど無関心だったようです。無関心であったというより、ある種の楽天家主義的な発想に安住していたというべきでしょう。（第11回）

日本のウェルフェア・オフィスはソーシャルサービスに必要な技術と人材の一切を、その官庁機構内に完備している、というまるで架空の前提のうえに築かれて運営されているのです。

ですからウェルフェア・オフィスのスタッフは地域の公私機関や専門家の技術や知識を活用しようともしませんし、官庁機構同士の提携さえ十分には行われておりません。

こうした事態はたとえ法制上の制約が原因で起こっているにせよ、ソーシャルサービスが技術的な活動として発展してくれば氷解するはずのものです。ソーシャルサービスは、その技術サービスとしての合理性を追求するならば、必ずや機関や制度を横断した職業的な協調活動へと到達するものだからです。日本のソーシャルサービスの現場では、まだそのような兆しを認めることはできません。公務員であるソーシャルウェルフェア・スタッフや各種のウェルフェア・オフィサーの素養が、ほんとうに発展的な水準までには高められていないのです。彼らにとって職業的な自負よりも所属する官庁機構への忠誠心のほうが強いのです。(第13回)

彼の論考は官僚のなわばり主義が日本の福祉行政の成熟を妨げている原因であると指摘しながら、福祉を文化や行為としてとらえてこなかった日本人論へとさらに発展していった。

福祉とは抽象的な概念ではなく、文化であり、行為である。福祉とは建物や機構ではなく、何よりも人であり、人の技術である。山内はそう繰り返し述べている。連載が始まると筆者についての問い合わせが河村のもとへ殺到し、講演会の依頼も相次いで困ったという。

連載は97回、丸2年間続けられた。

山内の福祉への実践的な取り組みから生まれた考察がここへきて文章として次々と結実していく。小説家を目指して原稿用紙に向かった山内の若き日の情熱と挫折は、その情熱の対象を福祉へと変え、再び山内を原稿用紙へと向かわせた。この連載と前後して山内は自らの福祉についての考えを1冊の本にまとめ出版している。『明日の社会福祉施設を考えるための20章』（中央法規出版）と題されたこの本の中で、山内は経済優先の時代に対して厳しい批判と疑問を投げかけている。

戦後三十有余年、わが国の産業界がなしとげた技術発展には、目を見はらせるものがあります。それは先進国の模倣として成功したというべきものかも知れません。しかし、なにかにつけ精神主義一辺倒であった戦時中の同じ民族が、これほどまでの経済発展をとげるだけの技術を駆使してきたのです。それなのに、どうして同じようなことが、戦後のわが国の社会福祉に起こらなかったのでしょうか。

そこまで考えてくると、私は、わが国の社会福祉の「技術稀薄症」には、単に、歴史的余裕の条件だけではない、社会福祉の技術に対する日本人の態度、取り組みかたということが大きく影響しているのではないか、と思ったりするのです。

ひとつには、産業技術と比べると、社会福祉で発揮される技術なり、その専門家の養成には全く異質のものがあります。

社会福祉の技術、それは、人が人にかかわる技術として、実は、その国民社会の科学の状況よりも、人間観なり社会観そのものを大きな基盤として発達する性格のものなのです。

わが国の精神風土には、なぜか社会福祉の技術というものを軽視する文化的な特性がそなわっているのではあるまいか、そして、それが戦後の社会の復興の過程で、産業経済の成長を優先させ、社会福祉の技術的なおくれよりも、テレビや家庭電気機器の普及を気にするような「エコノミック」な日本文化をつくりあげてきたのではなかろうか、それが、日本の社会福祉の育ちぶりを診察した私の、いささか感傷的な結論なのです。

山内はこの本の中で、社会福祉を軽視し経済成長のみに全精力を注いでしまった時代を批判し、福祉技術の育成が急務であると述べている。しかし時代はその後さらに福祉そのものを切り捨てていく方向に加速していく。

１９８１年6月。

行財政改革を推進するために設置されていた臨時行政調査会は行政改革案を答申、老人医療を有料化し福祉や教育に対して厳しいしめつけを行なっていく方針を明らかにした。

翌１９８２年11月。中曽根康弘は内閣発足の所信表明演説で「自立自助の精神」を訴え、「たくましい文化と福祉」をそのスローガンとして掲げた。(29) このスローガンは次のような形で具体化されていく。まず11月17日、臨調行革の流れに歩調を合わせる形で、厚生省の社会局保護課長の名でひとつの通知が出された。

『生活保護の適正実施の推進について』と題されたこの通知は全国の福祉事務所宛てに出され、以後福祉事務所の生活保護行政を大きく左右する。「社保第百二十三号」と番号が入っているため、俗に「１２３号通知」と呼ばれるこの通知は、暴力団員などが不正に生活保護をもらっていたり、受給者が陰で高級車を乗り回しているといった一部の事実を大きく取り上げ、受給にあたっての審査を厳しく正していこうとしたものである。この不正受給事件については厚生省の意向と重なる形で

『週刊新潮』が徹底的に糾弾キャンペーンをその誌上で行なった。各新聞も生活保護の不正受給がいかに多いか、厚生省の発表そのままに書き立てた。

しかし、この適正化で保護を切り捨てられたのは実際には母子家庭やひとり暮らしの老人が圧倒的に多かったのである。ここで展開されたのは水俣病審査と同じく「疑わしきは救済せず」という論理であり、その背景には国による社会福祉予算の切り詰めという事情があった。

社会保障費の国家予算の伸び率は1978年には19・1%だったものが、翌年には12・5%、翌々年は7・7%と年を追うごとに下降線をたどり、1982年には2・8%まで落ちこみ、この時点で防衛費の伸び率と逆転している。1985年度予算では地方行政に対する国の補助率が1割カットされ、生活保護費補助金は10分の8から10分の7に引き下げられた。国は福祉の責任を地方行政に押しつけ、なおかつ福祉予算の運営については中央主導型で強力に締めつけた。その締めつけは現場の福祉事務所のケースワーカーの対応へと反映していった。ケースワーカーとは、生活保護の申請受付けの対応をしたり、受給世帯を定期的に訪問して生活指導をする職員のことである。この福祉事務所職員を専門職として採用している都市は非常に限られており、ほとんどは一般職として一括採用された人間が役所内の人事で福祉事務所へ配属されるといったシステムをとっている。

つまり昨日まで戸籍係や税金の計算をしていた職員が突然ケースワーカーとして福祉行政に携わり、生活保護世帯と接するわけである。ここには専門職業としての技術も訓練もほとんど存在しない。あるのは眼の前の生活保護世帯と保護申請者という現場だけである。

山内はこの福祉の現場がかかえている問題に着眼し、1985年（昭和60）に『福祉のしごとを考える』（中央法規出版）という本を出版した。その本の中で彼は1951年に出された「社会福祉事業法」の第4章にスポットを当てている。第4章第18条「社会福祉の仕事にたずさわる社会福祉主事の資格」の項には、「社会福祉主事は、事務吏員又は技術吏員とし、年齢二十年以上の者であって、人格が高潔で、思慮が円熟し、社会福祉の増進に熱意があり……」と記されている。山内はこの点について次のように言及している。

このように、福祉のしごとに従事する公務員の資格規定に、人格高潔、思慮円熟、福祉増進の熱意といった要件が強くうたわれていることを、私は、非常に興味深く思うのです。

誤解のないように申し上げておきますが、私は、人格高潔、思慮円熟、福祉増進の熱意といった理念を、ケースワーカー自身が自己修練の目標にすることはぜひ必要なことであるし、大いに勧奨されるべきことと信じています。しかし、人格高潔、思慮円熟といった、本来、個人としての倫理の世界に属する徳義を、そのまま職業人としての資格の世界にもちこむこと、それも法律上の資格要件に掲げることには、なんとなく疑念が残るのです。

生活保護をはじめとする福祉のしごとに従事する公務員の倫理や職業理念について、戦後の社会福祉の新しい出発にふさわしい体系化が間に合わなかったことの表れが、そこにみられるような気がします。つまり、間に合わなかったので、とりあえず、社会福祉のしごとが私的な救済事業の手に委ねられていた時代の職業倫理をそのまま、公務員であるケースワーカーの資格要件にもちこんでしまった、ということではないでしょうか。

つぎに、福祉のしごとに携わる職業人に、人格高潔、思慮円熟というような徳義を要求するということは、福祉のしごと自体を相手に対する人格的な訓導を内容とするしごとのように考える見方を反映しているともいえます。

ケースワーカーの場合でいえば、保護受給世帯の生活の全面について人格的な指導をおよぼすのが、ケースワーカーの役目である、という見方にもつながりかねないわけです。

ケースワーカーの一人ひとりが、保護受給者から人格的にも信頼を寄せられるように心がけることは、それ自体大切なことです。しかし、そうした心がまえが一歩行きすぎると、保護受給者にケースワーカー個人に対する従順さを強要するような間違った方向へ発展しかねないことも、十分注意しておきたいものです。

福祉のしごとは、世間からも人格の優れた人間の携わるしごとと尊敬され、また、日々の業務の場面においても、種々の困難をかかえて依存的な生活態度を余儀なくされている人々を相手にすることが多いのです。そのため、このしごとに携わる人にとっては、しごとのうえでの役割というものが、いつのまにか自分自身の人格的資質に対する自尊心に転化してしまうことが起こりやすいのです。

旧い社会事業の時代から、福祉のしごとに携わる人は、高潔な人格と円熟した思慮の持ち主であることが期待されてきました。福祉のしごとに携わる人に期待される人格や思慮は、それ自体が、しごとの相手となる人々に対する「指導」や「訓育」のために必要だからなのでしょうか。

私は、それだけの理由からではないと思うのです。

福祉の職場においては、相手となる人々に対するしごとの関係で、よほどの自制心や反省の度量がないと、独善や押しつけの姿勢に陥りやすい、そのことを自ら認識する支えとして、その人の人格的な高潔さが期待されてきたものと考えるべきではないでしょうか。ケースワークのしごとは、親が幼い子どもを育てるように、相手の生き方それ自体に人格的な責任をもって働きかけようとする関係のもとでの作業ではないのです。

相手の意識や感情の洞察を欠いたまま、あるいは、相手の世帯が置かれている家族としての状況や社会的条件を十分把握しないまま、ケースワーカー自身が身につけている価値観が、相手に対する説得なり助言として生かされるという限度を超えて、いわゆる押しつけの領域に達するようなとき、かえって、相手の反発と意欲の沈滞を招くことは、よくいわれているとおりです。

さらに致命的なことは、そういった精神主義的なケースワークというものは、その世帯の自立助長を妨げている真の要因の所存というものを、受給者本人のみならずケースワーカー自身の目からもそらしてしまうことがあるということです。

自立助長の障害というものを発見するには、よほど冷静で行き届いた洞察の目が必要なのですが、それを、初めから、本人の意欲の欠如といった一つの要因だけに着目して観察していたのでは、とうてい正しい判断は期待できないのです。

医療のしごとについていえば、診療ミスが世間を騒がし、医療事故として裁判沙汰になることが起こります。教育のしごとについていえば、先生の資質を心配する声が上がったり、教育を学校まかせにしてはならないという意見が出たりします。

それに比べると、社会福祉のしごとの場合はどうでしょう。

社会福祉施設でのサービス内容が「福祉事故」として騒がれたり、社会福祉の職場で働く人の資質の低下を心配する声が上がることはほとんどないといってもよいようです。

しかし、ここでよく考えてみたいのです。

社会福祉の職場では、医療のしごとで問題となるような誤診や診療事故はほんとうに起こっていないのでしょうか。ときおり、新聞の投書欄に親の批判として紹介されるような問題教師や無気力な先生は、社会福祉の職場では見当たらないのでしょうか。

福祉の現場に対する山内のこの考察は、的確にその急所を突いていた。彼の指摘した通り、社会福祉の現場ではケースワーカーと生活保護受給者の間でトラブルが続いていた。現場では何ら専門的な技術に裏づけされない精神論だけが幅を利かせているのが現状だった。その結果、ケースワーカーの「独善」や「押しつけ」によって、生活保護を打ち切られたり受給をめぐるトラブルから自殺する者が何人も出た。

1987年1月23日、札幌では保護を取り下げた女性が子供3人を残して餓死するというショッキングな事件が起こり、マスコミでも大きく取り上げられた。

同様に東京23区の中でも特に生活保護適正化に積極的に取り組んでいた荒川区では、高齢者や母子家庭を中心に生活保護世帯が激減していた。84年からの5年間で、保護世帯は2500世帯から1400世帯まで落ち込んでいる。その結果、87年10月、78歳になる女性が保護打ち切りへの抗議を記したケースワーカー宛ての遺書を残して自殺している。

さらに88年12月、これも荒川区に住んでいた元ホステスが焼身自殺をした。彼女は病弱で仕事に出られず生活保護を受けていたが、アパートへやって来たケースワーカーから「金を世話してくれる男がいるだろう」と疑われ、男物の下着がないかと洗濯物や押し入れの中まで調べられるといった嫌がらせをたびたび受けていた。

同じく88年11月、72歳になる一人暮らしの男性が、生活保護を打ち切られたことを苦に首吊り自殺をした事件も起きている。この男性を担当していた荒川区福祉事務所のケースワーカーはあるインタヴューに答えて次のように語っている。

「少しでも努力してくれる人にはやさしくしています。でも努力しないでいい加減な人生歩いてきた人ばかりですよ。私は自分が学歴もないし、がさつな人間ですので一生懸命生きてきました。だから、一生懸命生きない人、許せないんです」(30)

しかし、なぜこの自殺した男性は、〝一生懸命〟という抽象的な物差しでケースワーカーの女性と一方的に比較され、〝私〟より頑張っていないからと生活保護を打ち切られなければならなかったのか。彼が一生懸命生きていなかったと誰が、なぜ言えるのだろうか。

このようなケースワーカーの態度や考え方、言葉こそ、まさに山内がその著書の中で危惧とともに記していたものであった。

ケースワーカーの独善的行為を正当化し、生活保護受給世帯を激減させるきっかけとなった「123号通知」が、ほんの2年前に山内自身が就いていた厚生省社会局保護課長の名で出されたことを、山内はどう考えていただろうか。

彼は『福祉のしごとを考える』の中でさらにこう述べていた。

家族の間とか友人同士といった人間関係でも、なんでもないような言葉やふるまいが、胸のうちに途方もなく不愉快なものを残すということは、私どもがしばしば経験するところです。

ましてや、生活保護の受給者にとっては、ある意味では当座の生活のすべてがかかっているわけですから、担当職員であるケースワーカーの言動というものがどんなに誤解されやすく、またどれだけの不安と困惑を招くものであるかは、十分想像のつくところでしょう。

生活保護のしごとに携わるケースワーカーには、そのしごとの特性に対応した知識や処理能力が必要となります。

しかし、そうした知識、能力と合わせて、私は生活保護のしごとが人間を相手とするしごとであるという特質から、ケースワーカーに期待されるまず基本的な資質として、人間に対する関心をもっていること、という条件を提案したいと思います。

生活保護のしごとが、対人接触の積み上げであることから生じるケースワーカーの心的な緊張と負担、それは、勤務時間の枠内にとどまることなく、時間外や休日にもその心理負担として持続することと思われますが、そうした負担に耐える心理的な適応性を、人間に対する関心の薄い資質の人に求めることはきわめて難しいのです。

その適性やしごとにふさわしい資質に欠ける人材が福祉のしごとの世界に職業を選んだときの悲劇、それは、実は、しごとの相手である人間におよぶ不幸であることはもちろんのこと、職業を選んだ本人にとっても、大変な苦労をおよぼすものとなるのです。ほかのしごとの場合のように、職業は職業と割り切って自分の生活を生きるというわけにはいかない困難さを伴うからです。

毎日のしごとが、人間に出会い、人間のこころと生活に観察と働きかけを続ける作業である福祉のしごと、そうしたしごとに携わる職業人の心身の緊張と負担、そのことに耐えるだけの適応性は、まさに人間に対する関心と興味を土台とすることではじめて獲得できるものだからです。

しかし、現実は違っていた。

役所内では福祉事務所に配属されることを〝島流し〟と呼んでいた。福祉事務所が役所の外にあることが多いのもそう呼ばれる理由のひとつだが、何より残業が多く、ケースワーカーなどは場合によっては暴力団員やアルコール依存症患者の相手をしなければならない。

そして、役所内の出世競争を闘っている者達にとってはこの配属は明らかに遠回りなのである。配属された職員はすぐに転属希望を出し、〝島〟から帰れる日を心待ちにしている、というケースも多い。

間違っても被保護者の側に立って保護受給者を増加させてしまうようなへまはしない。そんなことをしたらその後の出世に響いてしまうからである。出来るだけ保護は受けつけず、任期をやり過ごして本所に戻っていくのが普通の職員である。

これは地方行政に限ったことではない。中央官庁にもそのままこの市役所と福祉事務所の関係はあてはまる。そして中央で地方の福祉事務所にあたるのが環境庁なのである。

環境庁は他の省庁よりも遅れてスタートしたため、いわゆる庁内の幹部にあたる課長以上のポストは当時すべて他の省庁からの出向者で占められていた。つまり福祉事務所同様、もともと福祉や環境に興味があった人間がその行政に携わるのではない。当然の結果として、通産省出身者は通産省の意向を汲んだ環境行政を目指すことになる。

この構図はさらに閣僚の中における環境庁長官というポストにも同じことが言える。80年7月から1年4か月にわたって在任していた第12代環境庁長官 鯨岡《くじらおか》兵輔《ひょうすけ》は就任当時を振り返ってこう言っている。

「まことによくないことだと思いますが、自民党政治は派閥政治でありまして、それで環境庁長官などというものはありがたい職ではない、と思われているのじゃないかな。

なぜかというと、第一に予算が少ない。いまでさえ500億円ぐらいのものじゃないかな。これではお話にならない。

次に、政治的に見れば、非常に重要な役所ではあるが、およそ利権に絡んでいない。

よって誰もなりたがらない。

ご他聞に漏れず、私も環境庁長官になったとき、派閥が小さいからつまらぬところに追いやられたなあ、と正直思いましたね」[31]

山内が福祉に全身で取り組んでいた時、まわりのほとんどの人々は「職業は職業として割り切って自分の生活を生き」ていたに過ぎない。また、そうすることが「福祉のしごとにふさわしい資質」であるように「福祉」を取り巻く状況は変わってしまっていたのである。

これが山内の誤算だった。

山内が自らその資質として提示した「人間に対する関心」など福祉行政にはかえって邪魔だったわけであり、その資質を運悪く人一倍持ち合わせていた山内が、最も「福祉」に向かない人材だったのかも知れない。

この状況の中で、自ら信ずる通り福祉へ全身で取り組んでいった山内は、人間としての良心と官僚という職業の板挟みになっていく。そして山内の「心身の緊張と負担」はやがてその摩擦に耐えられなくなり、ひとつの「悲劇」が引き起こされる。

その「悲劇」が起こるまで、それ程長い時間を必要とはしなかった。

# 7章 食卓

12月4日、夜8時。

2階の自室で休んでいた夫が階段を降りてきた。知子はとにかく身体にやさしいものをと思って、スープとマーボー豆腐をつくって待っていた。夫は食卓についてそのマーボー豆腐を食べた。

知香子が会社から戻り、美香子も塾から帰って来た。

「娘に聞いてもらいたいことがある」

と夫は知子に告げた。

家族4人が食卓のまわりに集まった。

食事を終えた夫は、力無くポツリポツリと語り始めた。

「お父さんは今日、役所を辞めるつもりで、走り書きを残してきたんだ……。やりたくない仕事にはどうしても向かえないんだ……。この水俣の仕事はどうしてもやりたくなかった……。

自分に嘘をつかなきゃいけない部分が多すぎるんだ。

お父さんは自分が正しいと信じている事をやってきたつもりなんだけど……」

そんなことを途切れ途切れに話したあと、

「これから何をして食べていこうかなあ……。知香子……、おまえの給料あてにしてもいいか」

子供ふたりが自室に戻り、居間に夫婦だけが残った。

夫はようやく少し落ち着いたようだった。

ふたりきりになって、知子はこれまでの22年の結婚生活を振り返りながら夫に語りかけた。

「忙しいばっかりだったねえ……」

それが正直な気持ちだった。

夫は意外にも明るく、少し笑いながらこう言った。

「いやあ……、けっこう楽しかったあ」

そのひと言に知子はほっと胸をなでおろした。辛いことばっかりだったとか、苦しかったとか、そんな言葉がこの人の口から出たらどうしようかと思っていたけれども、「楽しかった」というひと言で、自分の苦労もこの人の忙しさも報われたような気が知子はした。

その後しばらくふたりでとりとめもなく話し、夫は2階に昇っていった。

(これでしばらく休ませてあげられる)

その背中を見上げながら、知子はそう思っていた。

夜中に一度、夫の様子が気になり知子は眼をさました。階段を昇って静かに部屋の扉を開け、中を覗いた。

夫は眠っているようだった。

しかし布団の傍まで近づくと、夫は眼を開けた。

「眠れる？」

知子がそう聞くと、夫は布団の中でコックリと小さく頷いた。

# 8章 不在

「環境庁に移ることになったから」

出勤する夫をいつも通り玄関まで送って出た知子は、突然こう言われて言葉を失った。

「大丈夫、僕にまかせろ」

驚いている知子にそう言葉をかけると、夫は玄関を出ていった。

１９８６年（昭和61）９月５日。

山内は27年間在籍していた厚生省から環境庁へ移り、官房長に就任した。

厚生省という大きな役所から環境庁という小さな役所へ移ったことで心配する声も周囲にはあった。しかし、山内には厚生省時代に公害課に在籍し、公害対策基本法づくりに取り組んでいるという自負があった。

環境庁に移った頃友人の伊藤正孝が、

「やりがいのある役所に移ったね」

と言うと、

「そう思うか……」

と言って笑い、

「いや、実は僕もそう思っているんだ」

と嬉しそうに話したと言う。

山内が官房長に就任する1か月程前、環境庁へ移籍して来た人間がもうひとりいる。第18代環境庁長官稲村利幸《いなむらとしゆき》である。

稲村は栃木の政治一家出身の代議士で、34歳の若さで初当選、「清潔な政治家」をキャッチフレーズに、この年の7月22日、第3次中曽根内閣の組閣で初入閣を果たした。

しかしその表の顔とは裏はらに、稲村は「株屋が政治家になった」と言われる程の株好きで、退任するまでの1年4か月、長官室でほぼ毎日株取り引きを繰り返すといった、およそ環境行政とは縁のない日々を送っている。

もともと稲村は「清潔さ」からは程遠い政治家だった。1980年、仕手集団「誠備グループ」が買い占めた宮地鉄工株が夫人名義で4万8000株買われていたことが表面化し、「知人に頼まれ、妻の名義を貸した。その際は宮地鉄工株を買うという話はなかった。こうした事態にただ驚いている」と苦しい弁明をしている。

その後、1985年にも投資ジャーナル事件で逮捕された中江滋樹に資金運用を任せ、融資を受けていたことがわかり第一秘書が辞任している。

「私自身は中江会長とは面識もなく、全くわからない。秘書も被害者であるが、辞表は受理するつもりである」と稲村はコメントしている。

在任中の株取引は5000万株、三百数十回に及ぶ。最初は大手証券会社を取り引きの窓口にしていたが、思うように株価があがらなかったり損失を出したりすると、担当者を長官室まで呼びつけ、

「国会議員に損をさせていいと思っているのか」

と大声で怒鳴りつけていたという。株売買では札つきの政治家だったわけである。

そのあまりに汚ない取り引きのやり方に、次第に大手の証券会社は手を引いていき、最後には中小の証券会社からしか相手にされていなかったようだ。

稲村は4年後の1990年、この長官時代の17億円にのぼる脱税で逮捕されることになる。(32)

環境庁に移った山内は、厚生省公害課で公害対策基本法制定に関わって以来19年ぶりに環境公害行政に取り組んでいく。

山内が移籍した当時、環境庁が抱えていた問題は公害健康被害補償制度の改正だった。この補償制度は山内とも親交の深かった橋本道夫が取り組んだもので、公害患者に対し、その等級（特級から3級まで）に応じて事前に公害排出企業から集め

た対策費を補償金として支払うというものであった。

しかし、経団連は公害患者が全国で10万人に達し、企業負担総額が1000億円を超えるようになると、通産省や環境庁に圧力をかけて何とかこの法律を廃止しようとした。もう大気汚染はかつてほどひどくないのに気管支ぜんそくなどの公害患者が増加しているのはおかしい。ぜんそくは江戸時代からある病気で、煙草などが原因であることが多い。従って公害が原因とは言えないから補償はしない、という理屈である。

3倍に緩めたNO²の濃度基準すらほとんどの地域で守れていない状況で、「公害は終わった」という大合唱が企業、マスコミ、学者の協力で繰り返された。『週刊新潮』にはニセ公害患者を告発する記事が掲載された。

この補償制度の生みの親だった橋本道夫は、「もはや公害は終わった」という経団連や通産省の主張を学者の立場から擁護する。水俣病やNO²の環境基準改悪で清浦雷作が果たした御用学者の役割を、今度は橋本が果たすことになるわけである。

その結果、この年の10月30日、公害対策審議会の答申が稲村長官に手渡され、以後ぜんそく等の公害患者の新規認定は一切認めない、という方針を環境庁は示した。

山内が移籍した当時の環境行政は、かつてのように患者救済のために大蔵省や通産省と対立しながらその存在感を示していた頃とは180度その立場を変えていた。設立から15年が経過して、環境庁は国の立場を代弁する大人の役所に変身していたのである[33]。

この頃、山内夫婦は比較的穏やかな日常を送っていた。娘達にも手がかからなくなり、休日にはふたりで絵や映画を観に出かけることも多かった。

ある日ふたりで新宿の伊勢丹美術館に行った。展示はピカソやセザンヌなどで、『印象派、後期印象派絵画展』と銘打たれていた。

いつもは会場の中に入ると別々に絵を観て回り、出口のところで待ち合わせていたけれども、この時知子はひとつのアイデアを思いついた。ひと通り絵を観て出口のところにやって来た夫に、知子はいたずらっぽくこう言った。

「あなたの一番気に入った絵の前へ連れて行ってちょうだい」

夫は絵を観ても本を読んでも、好きだとかおもしろいとかはっきりと口に出して言うことはほとんどなかった。それは知子もよく知っていた。しかしこの時ばかりは知子も粘った。

渋っていた夫はやがて人の流れに逆らって再び入口に向かって歩き始めた。知子はドキドキしながら夫についていった。

やがて夫は1枚の絵の前で立ち止まった。

（ああ、今日はここへ来て良かった）

知子はその絵を観て、そう思った。夫が立ち止まったその絵は、知子も今日観たたくさんの絵の中で、一番気に入っていた絵だったからである。

それはクロード・モネの『チャリング・クロス橋　霧のテームズ』という絵だった。

モネは冬のロンドンを愛した。そして何よりもロンドンの霧が彼を惹きつけたようである。60歳を迎えたモネは1900年から1903年にかけて繰り返しロンドンを訪れ、霧の風景を描いている。この絵は1903年に描かれたもので、薄紫の霧につつまれたテームズ川と彼が愛し続けた1本の橋が描かれている。

ほっとした気持ちと、何か夫と同じ絵を選べた嬉しさから、知子はその額絵を買って家路についた。

この頃、ふたりは足繁く絵の展覧会に通っているが、特に印象派の絵が好きだった。山内は一度海外出張でパリへ行ったついでに、オルセー美術館へ立ち寄ったことがあった。印象派の絵画が数多く所蔵されているこの美術館を山内はとても気に入った。定年を迎えたら一緒にオルセー美術館へ行こう。それが晩年を迎えつつあったひと組の夫婦のささやかな夢だった。

映画は大抵知子のほうから誘ったが、ある日珍しく夫の方から「映画に行かないか」と声をかけてきた。めったにないことなのでおかしいなと思ったが、悪い気がするわけもなく、新宿の中村屋で待ち合わせをすることにした。

仕事を終えてやって来た夫は既に観る映画も劇場も決めていた。劇場は新宿歌舞伎町にあるシアターアプルだった。そこでは5日間だけ、『かくも長き不在』という映画をリバイバル上映していた。

「この映画、若い頃に初めて観てから、今日で5回目なんだ……」

夫は感慨深そうにそう呟いた。

普段はあまり好き嫌いをはっきり言わない夫がこんなに思い入れを込めて語るのを見て、知子はこの1本の映画に強く興味を持って、わくわくしながら開映までの時を過ごした。

『かくも長き不在』は1964年に日本で公開されたモノクロのフランス映画である。

舞台はパリ。季節は夏。テレーズは郊外でカフェを営む中年女性。ある日、ひとりの男が鼻唄を唄いながら店の前を通り過ぎる。テレーズはその男の顔を見て驚いた。男は16年前にゲシュタポに連行されたまま行方不明になっていた夫アルベールにそっくりだったからである。男は過去の記憶をすべて失っていた。川のほとりにバラックを立て、古雑誌などを集めて暮らしていたその男を、テレーズは自分の夫だと確信した。男は首からハサミを下げ、拾って来た雑誌の写真などを切り抜いて、大事そうに箱に保管していた。

テレーズは男をカフェに招待し食事を共にして、なんとか記憶を蘇らせようとする。食後に2人はジュークボックスの曲でダンスを踊った。テレーズは男の後頭部に大きな傷跡があるのを発見する。

夜、店を出て帰ろうとする男のうしろ姿にテレーズは夫の名を叫んだ。男は立ち止まり、ゆっくりと両手を上げた。彼の中で蘇ったのは戦争中のナチの記憶だけだったようである。

ひとり残されたテレーズは、それでも冬になれば、また夫は戻ってくるかも知れないと、かすかな希望を胸に抱くのであった……。

この映画を構成している戦争の記憶、夫を待つ妻、スクラップの趣味、不在をめぐる様々な出来事——。これらは山内の人生と重なる部分が多い。

山内は果たしてテレーズに誰を重ねていたのだろうか。夫を失い、そして豊德というひとり息子を残して家を出た母だろうか。それとも二度と自分のもとへ戻ることのない父と母を、心のどこかで今も待ち続けている無意識の自分だったろうか。そして、アルベールに誰を重ねていたのだろうか。

「ねえ……、なんでこの映画5回も観たの」

映画館を出た知子は新宿の街を歩きながら、繰り返し聞いた。しかし夫は笑うだけで最後までわけは言わなかった。

自分のことを語ろうとしない夫が何を考え何を感じているのか、この頃知子はふたりで映画や絵を観て歩くことで確かめようとしていた。直接気持ちを聞こうとしても、この人には無理なことを長年の夫婦生活の経験から知子はすっかり理解していた。諦めの気持ちももちろんあったが、言葉にしなくても理解し合っているという一種の自信めいたものもこの頃は芽ばえていたのかも知れない。以心伝心……そんな言葉が知子の頭の中にはあった。それほどふたりは喧嘩らしい喧嘩をしなくなっていたし、言葉を必要としなくなっていた。しかしこの夫婦が特別だったわけではない。ふたりの子供をある程度まで育て終わった夫婦としてはめずらしいことではなかったはずである。知子もそう考えていた。

山内には美術館巡りの他にもうひとつ夢があった。それは50歳を過ぎた男なら誰もが一度は持つであろう平凡な夢、自分の家を持ちたいということであった。

山内が環境庁へ移った翌1987年（昭和62）3月29日、山内一家4人は世田谷の上用賀にあった公務員住宅から東京郊外の町田に一戸建てを買って引越した。世田谷の公務員住宅は役所からも近く便利だった。

「一戸建てともなれば今よりは役所から遠くなるだろうし、身体の負担になるから、定年まではここでいいですよ」

知子はそう話したが、夫は自分で『住宅情報』などを買って来てはページをめくっていた。そのうち週末はふたりで情報誌を片手にあちこちと歩き回るようになった。あざみ野、多摩ニュータウン、緑山、いろいろ見て回ったが気に入った物件はみつからなかった。マンションでもかまわないという知子に対し、夫は一戸建てにこだわった。秋になり、町田の薬師台に建て売り住宅の売り出しがあると聞いてふたりは足を運んだ。

薬師台は新興住宅地だったが、緑が多く残っていて自然に恵まれている。何より近くに薬師池という美しい池があった。

山内が埼玉時代に住んでいた公務員住宅のすぐそばには別所沼公園があり、その後移り住んだ世田谷の上用賀の近くには馬事公苑があった。山内夫婦は休日には公園を訪れ、1日中のんびりとそこで過ごすことが多かった。一度訪れただけで、山内はこの薬師池がひどく気に入ったようだったが、募集の日の1週間も前から並ばなければいけないと聞いて、いったんはこの物件を諦めた。しかし、10月のある日、別の物件を見に行った時に今日が薬師台の住宅の第二期目の募集の日だったことに気付き、とりあえず行ってみることにした。

事務所へ行ってみると、住宅地の地図の一画にまだバラの花がつけられていないところがある。状況を尋ねると3軒だけ残っているという。ふたりはその場で契約をした。

敷地面積55坪、木造二階建て。値段は４７８０万円。山内は福岡に住む叔母の勧めもあって福岡の大野城に土地を買っていたが、これを不動産業を営んでいた幼馴じみに売って資金をつくった。足りない分は銀行から借りた。

自分の家が持てたことがよほどうれしかったのか、この日から引越しまでの約５か月、山内は度々この家を訪れている。家族４人でお弁当を持って薬師池へピクニックに出かけることもあれば、知子とふたりの時もあった。

「窓を空けて風を入れてくる」

とひとりで出かけて行き、まだ家具も何も入っていない家の中で1日中過ごすこともあった。そんな時山内はカメラを持って行き、何もない床の上にあぐらをかいて幸せそうに笑っている自分の写真を撮ったりもしている。

引越しをした1987年（昭和62）の8月、山内家にもうひとり家族がふえた。犬のゴロウである。

ある晩、娘の美香子が近所の公園に捨てられていた犬を可愛想に思って拾って来た。最初はもらってくれそうな人を捜していたが、家におくうちに愛情がわき、結局自分の家で飼うことになった。美香子がゴロウと名付けた。朝夕のゴロウの散歩は知子が担当した。

散歩に出るようになって知子はあらためて家のまわりに残っている自然の多さに驚いた。そして季節の移ろいとともに変わっていく草花がおもしろくてたまらなくなる。

「あの空地で白い花が咲いた」

「あの道端でつる草がのびた」

夕食時にはそうやって今日観た草花の観察結果を夫に楽しそうに報告した。

そのうちに知子は山と溪谷社から出ている『日本の野草』という写真付きの草花図鑑を買って来た。散歩の帰りに目にとまった草花を摘んできては知子はこの図鑑で名前を調べたりして楽しむようになる。

1987年（昭和62）9月25日。

山内は環境庁自然保護局長に就任した。その後国立公園の管理や石垣島白保の珊瑚礁の保護をめぐる問題に取り組んでいくわけであるが、期を同じくして夫婦で自然に関心を持つことになったわけである。

たまの週末に夫婦ふたりでゴロウの散歩に出た時など、知子は道端に咲いている草花の名を楽しそうに夫に教えて歩いた。やがて散歩から帰って来たふたりは、摘んで来た草花を間に挟んで、

「これはアメリカセンダングサだよ」

「いいえ、コセンダングサよ」

と食事の準備そっちのけで草花図鑑とにらめっこを始めるようになる。

1988年（昭和63）3月、山内は自分で草花の観察日記をつけ始めている。この日記を辿ると、散歩中の夫婦の様子が鮮やかに蘇ってくる。

3月12日

ジュウニヒトエ　シソ科　キランソウ属　4～5月

処々にオオイヌノフグリ　間もなくヒメオドリコソウも　ナズナもところどころ

やせたハルジオン
ハハコグサを1、2か所で　薬師池でスミレも
3月18日
ネジバナ（モジズリ）ラン科　ネジバナ属
ツクシ群れを見る　ホトケノザ　ハルノノゲシ　ノボロギクか　オランダミミ
3月26日
ツルボ　　ユリ科　8～9月
カラスノエンドウの花　ところどころ
タネツケバナか　庭にも　　タンポポいよいよ方々に
25日桐生でカキドオシ　タチオオイヌノフグリをみる
4月8日
オカトラノオ　　サクラソウ科
5月24日

オオニシキソウ　トウダイグサ科
知子　アカツメグサを摘む
国会周辺で　ニワゼキショウ確認

この頃は週末のゴロウの散歩の時だけでなく、昼休み時に職場の霞ヶ関周辺や出張先などでも植物観察を続けている。

6月10日
釧路近郊　スミレ　セイヨウタンポポ

6月18日
メドハギ
知子　カマクラでトラノオを見たと

10月22日
ヤクシソウ　群れ
暑夏のせいか（知子説）？　ニシキソウの白花

日記はこのようにして、1年以上も続けられる。
この頃発表された山内のエッセイに、土への親しみについて触れたものがある。

自然保護や環境問題を考えていくうえで、土や土に育つ生物についての理解が必要であることはもちろんである。しかし、それだけでなく、われわれが継承し、また後の世代にひき継ごうとしているこの日本の文化や生活の文字どおり土台となる体験という意味で、土に親しむことの大切さがあるのではなかろうか。そんな、土に親しみ、土を知ることの大切さが忘れられているような気がしてならない。

もっとも、このように力説してはみるものの、私自身の生活の三十数年間の土とのふれ合いの空白は、いかにも大きい。

その空白の間に生まれ、育ってきたふたりの私の娘たちには、すでに土に親しんだ記憶さえないのである。テレビの土の科学の講座がはじまると、二階にあがってCDやカセットの音楽に聴きいって愉しんでいるらしい娘たちに、私の少年の日の土のある暮らしのことをどうやって語り継ぐことができるものやら、私にはまるで自信がない。

山内はこう記している。

しかし、山内は決して豊かな少年時代を送っていたわけではない。確かに家には広い畑もあり街には自然が多く残っていただろうが、それらの自然に身体ごと接した経験はない。彼が語る土へ親しんだ記憶とは、彼自身の手によって創られた偽りの記憶である。

彼が知子とふたりで求めた自然との交わりは、彼の中では不在だった少年の日々を52年たった今、あらためて埋めていく行為だったと言っていい。

知子は、あたたかいご飯にみそ汁の湯気があがっている食卓を見ているだけで幸せを実感できるタイプの人間だった。その逆に夫は日常の中に喜びや幸せをみつけることが下手だった。そういった平穏な幸せには興味がなかった。

そのくせ一緒に散歩をしていると、

「僕といると幸せ？」

「一緒にいて楽しい？」

と急に知子に尋ねることがあった。知子がはっきり返事をしないと、

「ひとりの男を幸せにしたんだから、それで満足しなさい」

と言ったりした。

「あら、幸せにした男はひとりじゃないかも知れませんよ」

知子はそんなふうにちゃかしてふたりで笑った。

料理が好きだった知子は休日には家でよくパンを焼いた。

「おいしい？」

と聞くと夫は必ず、

「うん、おいしい」

と答えた。

しかし知子が今日は特別にと思ってブルーマウンテンの豆を挽いた時も、インスタントコーヒーの時も、夫は同じように、

「今日のコーヒーはおいしいねえ……」

と言って飲むような人だった。

仕事以外の生活にはあまり興味を示さず、何かに追いかけられるように働く夫に、知子は言いようのない不安を感じていた。

知子は夫をゴロウの散歩に誘ったり、休日を薬師池でぼんやり過ごすことで、(こんな幸せもあるのよ……)と夫に語りかけようとしていた。植物観察も知子にとってはそんな試みのひとつだったのである。

ふたりは、ようやく訪れた平穏な日常をそれぞれ別の不安を抱えながら過ごして

いた。

1990年(平成2)になっても、山内の植物観察日記は続いている。

4月1日

ホトケノザ　サンガイグサ　カキドオシ　地蔵わき坂で

ミツバツチグリ(のような)移植林わきで

4月8日

カラスノエンドウとスズメノエンドウのちがい　キュウリグサか　知子と夕方

出かけて

4月30日

知子とゴロー朝歩

アカネか　タンポポのちがい

萬葉苑でオウギカズラを知る

この春に長女の知香子が短大を卒業し、N通運に就職した。

山内は、就職したことで娘が使わなくなった勉強机を自分の部屋へ持ちこみ、うれしそうにその机の写真を撮っている。山内の書いたエッセイによると、この机は長い歴史を背負っているらしい。

山内は子どもの頃から大きくてどっしりとした机の上でものを書きたい、という夢があった。それは彼のその頃の夢が詩人や小説家になることだったからである。結婚した時に知子の嫁入り道具に大きな座敷用のテーブルがあり、しばらくはそれを書斎机に使っていた。埼玉時代を経て上用賀に移った時に山内は自分の机を買った。しかし長女が小学校に入るとこの机は娘の勉強机になり、山内の手を離れた。嫁入り道具のテーブルは知子のミシン台になっていた。しかたなく手紙を書く時などは食卓のテーブルを使うようになった。山内は食事時にはペンとインクを持って家の中をうろうろした。

それから12年、この机は長い旅を終えてようやく山内のもとへ戻った、というわけである[34]。

山内は大変な筆まめで、友人や知人に何かにつけて手紙を書いた。それは贈り物のお礼であったり、クラス会で会った友人への連絡であったりいろいろだが、毎日のように誰かしらに手紙を出している。年賀状も年々増えて、この頃には1000枚を超えていた。

また彼は整理魔でもあり、他人からの手紙や新聞記事の切り抜きなどこまめに整理して書類箱にまとめている。山内はそれらの作業を娘から取り戻した机の上で行なっていた。しかし少年の日の夢をたくし、12年の空白を乗り越えて自分のもとに戻ってきたその机の上で、最後に山内が記したのはエッセイでも小説でも友人への手紙でもなく、上司へのお詫びの言葉になってしまったのである。

　1990年5月6日

スズメノヤリ　スズメノヒエ　イグサ科

水田のあぜにムラサキサギゴケ　サギゴケの群生

近くにノミノフスマ　コオニタビラコか（?）

山内の植物観察日記で日付が記されているのはこれが最後である。日記はその後、ホタルブクロ、ウツボグサと植物の名前が記されるだけになる。植物への興味が薄れたというよりは忙しさが山内から植物へ向かわせる時間を奪ったと言ったほうが正確だろう。ノートの1ページに、ナンバンギセル、とひと言だけ淋し気に記されたのを最後に、この日記は終わる。
山内が企画調整局長に就任したのはちょうどその頃のことである。

# 9章 帰宅

1990年（平成2）7月10日。

山内は環境庁の筆頭局長である企画調整局長に就任した。自然保護局長から企画調整局長というのは事務次官になるためのルートであり、山内は次官に昇りつめるためのレールに完全に乗ったことになる。

この当時、環境庁は石垣島白保の新空港建設問題、長良川河口堰問題、地球温暖化防止など多くの課題をかかえていた。どれもが開発か自然保護、つまり地元住民の生活かという二者択一を迫られる非常に今日的な問題で頭を悩ませていたわけである。

山内は自ら地球温暖化防止計画を取りまとめ、8月には気候変動に関する政府間パネル（IPCC）の第4回全体会合に、通産省、運輸省などから選ばれた20人の政府代表団の「首席代表」として参加、スウェーデンのスンズバルを訪れるなど忙しい毎日を送っている。それらの問題に加えて、さらに大きな課題が環境庁に持ち上がったのは、山内が企画調整局長に就任して2か月半が過ぎた9月の終わりだった。

9月28日午後2時。

東京地裁713号法廷で荒井真治裁判長は、水俣病東京訴訟口頭弁論の中で次のような主旨の和解勧告を出した。

本件のような多数の被害者を生んだ歴史上類例のない規模の公害事件が公式発見後34年以上が経過してなお未解決であることは誠に悲しむべきことであり、その早期解決のためには訴訟関係者がある時点で何らかの決断をするほかにはないと思われる。当裁判所としては、この時点において、すべての当事者と共に水俣病紛争解決の道を模索することが妥当と判断し、ここに和解の勧告をすることとする。

さらに荒井裁判長はこの勧告文の中で、「現存の（認定）制度だけで現在の水俣病紛争の解決を図ることには限界がある」と踏みこんで指摘した。

環境庁はこの勧告に大きなショックを受けた。このような和解勧告が文書に記された形で出されるとは考えていなかったため、北川長官も安原事務次官も北海道の国立公園の記念式典に出席していて東京には不在だった。局内に残った最高責任者として山内は他省庁や熊本県、北海道の北川との連絡に終日追われた。

午後3時の予定だった記者会見は夕方6時過ぎになってようやく開かれた。

記者会見に臨んだのは山内だった。

「文書にしたものまで出るとは予想していなかった」

と山内は驚きを素直に表わした後、

「裁判所の和解への強い意思を感じている。勧告の趣旨をよく検討し、他省庁とも協議した上で、和解交渉のテーブルにつくかどうかを決めたい」

と、慎重ながらも前向きな発言をした。

北川石松環境庁長官は北海道で和解勧告の報を聞くと、

「勧告は時の氏神、応じたい」

と和解勧告を受け入れる発言をした。

北川石松第24代環境庁長官は貧しい家庭に育ち、大阪市議から府議を経て政界入りした苦労人である。自民党内では三木派の流れを汲む少数派に属していた。北川はそれまでのことなかれ主義の長官たちとは違い、通産省と対立しながらも『地球温暖化防止行動計画』をまとめ、長良川河口堰問題では、なわばりを越えて建設省に中止を意見するなど、1990年2月の長官就任当初からその活躍が注目を集めていた。一部のマスコミや自民党主流派からはスタンドプレーの人気取りと批判されてはいたが、久しぶりに登場した行動する長官だった。この水俣病和解勧告受け入れを意味する発言もそんな北川石松らしい言動だったと言える。

驚いたのは山内ら環境庁の事務方だった。環境庁としては水俣病訴訟に対し、国は充分な方策を取ってきており、患者に対する賠償責任はない、とする考えで統一されていた。山内が記者会見で話した「他省庁とも協議した上で……」というのが環境庁としては精一杯の発言だったといっていい。

1987年3月30日。水俣病訴訟で熊本地裁から原告側患者全面勝訴の判決が出され、「国と熊本県は、チッソ水俣工場の排出したメチル水銀による人体被害を予見しており、工場排水の停止、水質規制など被害を防止する義務があったのに、対策を怠った。国家賠償法上の責任がある」と国の行政責任を認めた。全国6か所で争われている水俣病訴訟の原告総数は約2000人。請求総額は約360億円。負担割合を仮にチッソ6、国3、熊本県1とすると国の負担は100億円程度である。各省庁が協力すれば決して支払えない額ではない。しかし、国はこの判決に納得しなかった。今回の東京訴訟では、熊本地裁判決からの巻き返しをはかるべく、国は強気な態度で裁判に臨んでいた。なんとか国に有利な判決を得て、主導権を患者から取り戻そうと必死になっていたわけである。

したがって「和解に応じたい」という北川の発言は、庁内の人間にとってみれば、訴訟の責任省庁である環境庁のかかえている事情や立場を考えない迷惑な放言でしかなかった。

案の定北川は事務方に説得され、前言をひるがえして「和解は受けられない」と発表することになる。

この北川発言撤回の裏には、自民党の圧力が加わっていた可能性が大きい。

政府・自民党は、長良川河口堰問題や水俣訴訟で自然保護寄り、患者寄りの発言を繰り返していた北川をこころよく思っていなかった。後日、北川が自ら語ったところによると、長良川問題について金丸信が直接北川のところへ電話を寄こし、「大臣でありながら閣議決定した堰の建設に反対するとはけしからん」と圧力をかけたという。

自民党は表舞台では、環境部会に設置された水俣問題小委員会で、和解を拒否した環境庁を非難している。しかし、それが自民党幹部の本音だったとは思えない。その裏で、長良川問題と同じ攻撃が北川に、環境庁に繰り返されていたとしても少しも不思議ではない。

10月1日、午後7時過ぎ、山内は環境庁内で再び記者会見を開き、和解勧告拒否の態度を表明した。

「現時点では和解勧告に応じることは困難であり、結審済みの原告75人について、できるだけ速やかに判決を出されるよう期待する」

そうコメントを読み上げ、

「国の責任論や、水俣病とは何かの病像論をめぐって、われわれと原告との主張の隔たりはあまりに大きく、和解のテーブルに着く条件が整っていないと判断した」

と拒否理由を述べた。

山内は28日の勧告以来、厚生、通産、農林水産の各省を回り協議を重ねたが、

「当方に直接の責任はない」と、どの省も和解に前向きではなかった。

新聞には「人としての良識疑う」「死ぬのを待つのか」といった環境庁や国に対する批判の見出しがおどった。

しかし、別に環境庁は人としての良識に基づいて和解を拒否しているのではない。人として判断しているのではなく、その良心や良識の部分とは切り離したところで拒否しているのである。ここでもし疑われなければならないものがあるとすれば、行政としての職業的な見識なのであって、決して行政の責任者である官僚一個人の良識ではない。しかし、山内は橋本道夫と違って、これらの批判を職業人としての自分に向けられているだけであって私個人の良心に向けられているのではない、という割り切りはできなかった。山内はひとりの人間として苦悩してしまっ

た。

「和解勧告」に対する山内の本心はどうだったのだろうか。彼の性格と人間性からいって、患者の苦しみは人一倍理解していたはずである。その彼が個人的な意見としては救済したい、と思っても当然であろう。彼をよく知る周囲の人間の多くは、そう考えていた。しかし、「和解勧告」には個人的にも賛成でなかったらしい、という証言もある。しかしその裏にある山内の真意は、国が患者救済を拒否して勧告を受け入れないというのとは180度違う。司法が国の加害者責任を認めず、判断を放棄して和解という灰色決着を勧告することは、怠慢ではないか。あまりに無責任なのではないか。患者が早期救済を願っているのは充分承知しつつも、行政に携わる者として、またひとりの人間として山内は司法のこの態度が許せなかったのだ、とも推測できる。

彼の人間としての思いと、環境庁の官僚としての見解、司法の判断は、複雑に彼の心の中で錯綜し、ぶつかりあった。しかし、彼は官僚としての立場に徹し、親しい友人にさえひと言もその真情をもらしていない。苦悩は出口を失って彼の内側を傷つけた。そしてその苦悩は、彼の行動や発言を歯切れの悪いものにしたが、周囲はそれを彼の人間的な優しさとは受け取らず、官僚としての能力の無さと受け取ったのである。

10月4日には熊本地裁から、12日には福岡高裁から、同趣旨の和解勧告が相次いで出された。要領が良く誠実さのない、つまりもっと官僚的な官僚であったならば、同趣旨の和解勧告なのであるから記者クラブの連中に環境庁の見解は前回の時と変わらない、と告げて済ましていただろう。しかし山内は勧告の度に律儀にマスコミの前で和解拒否の弁明を繰り返している。その姿は和解を受け入れてもらえない患者達の苦しみに対し、自分の身を晒し、厳しい言葉を受けることで許しを乞うているようにさえ見えた。

10月29日、第12回水俣病に関する関係閣僚会議が持たれ、ここで和解勧告に対する対応について話し合いが持たれた。

その結果、国としては「和解勧告」はあくまで拒否し、法の裁きを期待すると決定、国の統一見解として次のように発表した。

「原告側は、所管の行政庁が適切な規制権限の行使を怠ったことによる国家賠償法上の賠償責任があると主張するが、国としては規制権限の法的根拠はなく、水俣病の原因物質も明らかになっていなかった当時の状況のもとで、行政指導を中心にできる限りの対応をしたもので、水俣病の発生、拡大の防止に関し賠償責任はないと考えている」

しかし、果たして国は「行政指導を中心にできる限りの対応をした」だろうか。果たしていつを指して「原因物質も明らかになっていなかった」と言っているのだろうか。

歴史的な事実からいって、国は通産省を中心に、明らかになっていた原因物質の隠蔽に奔走し、意図的に有機水銀説を闇に葬ったのではなかったか。そのために御用学者を動員し、非水銀説をマスコミ等で大きく取り上げるよう、「できる限りの対応をした」のではなかったか。そこには行政指導を怠ったという消極的な責任ではなく、経済成長の代償として水俣病の発生に目をつぶり、被害の拡大をまねいたという、積極的、犯罪的責任があったのではなかっただろうか。

少なくとも、厚生省に在籍し、水俣病原因究明の過程を目の当たりにした人間であれば、当時の通産省や経済企画庁が何をしたのか、そして厚生省は何ができなかったのか、理解していたはずである。公害課課長補佐を経験している山内はそのひとりだったと言えるだろう。

この頃、仕事がうまくいかない、と山内は珍しく知子に愚痴をこぼしている。患者との交渉がうまくいかないのかと思って尋ねた知子に、

「やりにくいのは外部じゃなくて内部なんだよ」

と、山内はもらした。知子はそのひと言だけでは詳しい事情はわからず、山内もそれ以上は話そうとしなかった。

11月1日、『水俣病問題の早期解決を願う会』の患者らが環境庁に北川長官を訪ね、陳情を直接行ない、早期解決を求めた。

ここでも北川は「つらい思いだが、現時点では判決を待つという行政の姿勢を変えることはできない」と患者を前にして述べた。

この席上、『願う会』の委員長川本輝夫《かわもとてるお》は北川に「長官、おみやげなんかいらないから一度水俣へ来て下さいよ」と話した。この川本の発言がのちになって北川を水俣視察へ動かすきっかけになる。

20分ほどして北川が退席、山内が患者を前にして和解勧告拒否の内容説明を行なった。

「あくまで東京地裁の結審の判決をもらい、われわれの主張と照らしてその後の対応を判断したい」

これに対し、『願う会』のメンバーから厳しい声が飛んだ。

「解決するという姿勢で勧告を受け止めないと、これから何年かかるかわからない」

「三権分立のなかで司法の勧告を行政が無視するのは傲慢だ」

「今さら国に責任はないと言うつもりか」

「国の態度は私たちが死ぬのを待っているとしか思えない」

陳情が終わり、川本輝夫が部屋を出ようとすると、山内が追いかけて来て川本を呼び止めた。

「川本さん、わかって下さい」

山内はそう言って頭を下げたそうである。

11月2日、参議院環境特別委員会が午前10時30分から開かれ、環境庁から北川長官と、森官房長、山内ら7人が出席した。委員会では、先月29日に出された水俣訴訟についての『国の見解』に質問が集中した。

**質問者（篠崎年子）** 次に、責任論に入っていきたいと思いますけれども、先ほどのお話の中で、国の見解では、この場合の国の責任は国民の福祉の向上に努めるという国の行政上の責務とは性格を異にするもので、規制権限の根拠はなく、この件についての賠償責任はないと考えているというふうに書かれておりますけれども、本当にこのことで原告を納得させることができるとお考えになりますか。

**政府委員（山内豊德）**　今先生がお読みになりましたところは、今訴訟で争われている国の責任とは何であるかということを国の立場でできるだけわかりやすく御理解いただこうと思って書かれた文章でございます。したがって、普通国の責任といいますと、単に国家賠償責任だけではなくて、いろいろの行政を進めていく政策的な責務を持った国という言葉で責任とおっしゃる方もありますので、この訴訟で議論になっているのは、そのような国民の福祉の向上に努めるというそういう性格の行政上の責務を責任といって私どもが説明しているんじゃなくて、国家賠償法上の賠償、お金を支払う、そういう法的な責任のことを今ここで申し上げているんですということをわかりやすく説明したつもりでございました。できるだけ多くの方にその点を御理解いただきたいと思ってまとめたつもりでございます。

（中略）

**質問者（清水澄子）**　例えば熊本県が設置しました水俣病対策連絡会が昭和三十二年、水俣病が発生したその翌年に、水俣湾の中の魚介類は食品衛生法四条二号によって、有毒な、または有害な物質が含まれ、または附着しているものに該当するという、こういうことで魚介類の漁獲と販売の禁止を行おうとしましたときに、これに対して厚生省は、この地域の魚介類のすべてが有毒化しているという明らかな根拠が認められないと述べています。

（中略）

このときに今申し上げたような法的な措置を勇断を持って行っていたならば、今日のような被害をもっと食いとめられたのではないか、そういうふうにはお考えになるでしょうか。

**政府委員（野村瞭厚生省生活衛生局食品保健課長）**　お答え申し上げます。

そのときにそのような措置をとっていればこのように被害の拡大が生じなかったのではないかということでございますが、現時点から当時の状況を振り返ればそういうことも考えられるかもしれませんが、当時の状況としてそういうことも考えられるかもしれませんが、当時の状況としてそういうことを想定できなかったということではないかと思います。

**質問者（清水澄子）**　もっと人間的になっていただきたいですね。皆さんの顔引きつっていますよ。それは何というのか、本当に素直な、本当にそうしたらよかったなという思いとそうできなかったというこの乖離はわかるわけです、私も。けれども、ここでやはりあれをちゃんと処理しておけばよかったと、そういうふうな人間的な答えが私は欲しいと思います。（中略）

私は、長官がまだ水俣には行っておられないと伺いましたけれども、ぜひ現地に赴かれまして、そして水俣病の発生、拡大、その救済の決定的立ちおくれの実態を再度御調査なさることをお勧めしたいと思います。そして被害者と地域住民とじかにお会いになって、非常に立場はつらくてもそこで直接訴えに耳を傾けられる、そういう中から早期的な解決の決断をしていただくことを私はあえてお願いしたいと思います。これはぜひ長官、現地へ行っていただきたいのですが、ひとつお答えをいただきたいと思います。

**政府委員（北川石松）**　ただいまの清水委員の、水俣地域へ、現地へ行け、こういうお勧めでございます。私も水俣へ行きたい、見に行かなきゃいけないという気持ちを持っております。昨日も各関係の水俣に関する代表の方とお会いいたしました。その中で、一遍水俣へ来い、こういうところの要請も受けておりますので、時期を見てそして速やかにその日程をつくらなくちゃいかぬ、このように思うております。

この発言を聞いた後で、安原次官、山内を始めとする事務方は急に慌しくなった。環境庁長官が何ら新しい対策も救済策も持たずに水俣へ行ったら大変だと事務方は考えていた。現地視察が単なる視察ではなく、具体的な救済策、いわゆるおみやげ持参を意味することは現地サイドも環境庁サイドも大前提として理解していた。職員は北川を説得し、現地視察を撤回させようとした。
「俺は見舞いに行くんだ。手土産を持てないからといって十何年も行かないのか」
北川はそう言って現地視察に固執した。

この北川の発言には、細川護熙《もりひろ》熊本県知事の動きが影響している。細川は熊本県やチッソが和解の席につこうとしている時に国だけが拒否しているのはけしからん、国に代わってやっている患者認定業務の返上も考えている、と発言した。さらに、このままではチッソの補償金の代わりに県が患者に対して行なっている「県債」の発行もやめるつもりだ、と北川に迫った。北川は自らの立場を考えても、和解拒否だけではなく、せめて何らかの積極的な姿勢を見せる必要があった。その結果選ばれた方法が、熊本県側からも強い要請があった11年ぶりの環境庁長官水俣現地視察だったわけである。

国会で水俣訴訟問題と北川の現地視察が取り沙汰されていた11月、山内は福岡の春吉小学校時代の同級生たちと赤坂で会っている。今は四国工業写真株式会社の社長をしている森部正義が仕事で久しぶりに上京するというので会わないかと声を掛け合ったのだ。メンバーは、森部夫妻、石井洋子、藤木淳次、戸倉鐵良、それと山内だった。

石井洋子は小学校時代、山内が級長だった時に副級長としてコンビを組んだ仲で、山内には同級生では珍しく気軽にものが言える存在だった。常日頃から真面目一筋で仕事ばかりしている山内に、

「もっと息抜きして、遊びなさい」と、石井は繰り返し言っていた。

5年程前、石井は小学校卒業以来久しぶりに山内と会うことになり、銀座の和光の裏の喫茶店ルノアールで待ち合わせたことがある。石井が約束の時間に行くと山内はもうそこに来ていた。早く仕事が終わったので1時間前に来て、本を読んでいたのだという。やって来た石井に山内は、

「美術館に行かない？」と誘った。

誘われた石井は驚いた。50歳を目前にした男の人が、久しぶりに会った小学校の同級生を美術館に誘うとは思わなかったからである。

「せっかくだからもっとくだけたところに行きましょうよ」

石井は山内を近くの焼き鳥屋に誘った。店は賑やかでお客も騒いでいたが、山内はそんな喧噪を楽しそうに見つめていたという。

小学校時代、山内に文学的影響を与えた森部は小学校を卒業すると四国へ転校し、そこで母を亡くした。同じ境遇を背負った山内と森部はその後しばらく手紙の

やりとりをしたり文章習作や創作詩を送り合ったりしていたが、このような形で会うようになったのはつい最近のことだった。

山内は仕事が忙しく、行けるかどうかわからないと言っていたが、集合場所の赤坂に時間通りにやって来た。

「今日は仕事で駄目かと思ったけど来られて良かった」と何度も言っていたという。

昔話に花が咲いて会は盛況だったが、ふとしたことで話題が水俣病のことになると、

「うん、大変なんだ」

と山内はひと言だけ言って、あとは話したがらなかった。

帰り際、石井は山内に、

「浮気せないかんとよ、男は」

と博多弁でからかった。

「あなたもそろそろ隠れ家のひとつくらい持ってもいいんじゃないの……。仕事が遅くなって帰れなくなったりしたらどうしてるの」

石井がそう聞くと、山内はポケットからひと組の靴下を出して石井に見せ、

「これがあれば大丈夫だよ」

と言って笑った。

仕事が遅くなると会社のソファで眠ったり、都内のビジネスホテルに寝泊まりしていると聞いて、

「もうそんな仕事やめんしゃい。福岡に戻って知事にでもなったらどう」

石井はそう山内に勧めた。他の友人達も山内に政治家になることを勧めた。山内は否定も肯定もしなかった。

（まんざらでもないのかな…）

と、石井はその時思ったという。

見合いの後に知子に手渡した身上書には「政界に打って出る時は……」などと記していたこともあったが、この頃の山内には政治の世界に打って出ようという野心など全くなかった。役所を退いたあとはどこかの大学で講師として教壇に立ち、福祉について教え、自ら研究を続けたかったようである。

政治の世界に足を踏み入れれば、今以上に根回しや、つき合い、建て前と本音の使い分けといった自分の最も不得意とすることに手を染めていかなければいけないことを山内はよく理解していた。50歳を過ぎて、山内も自分の器というものを意識するようになっていたのかも知れない。福祉、環境への深い理解なら誰にも負けな

いという自負はある。しかしその見識を、行政を改革していくという実践として結実させていく苦労よりも、自らは自然の中に身を置きながら思索し、洞察そのものを深め、文章という形で記していくほうが自分には向いている。山内は自分自身の身の置きどころをそう考えるようになっていた。キャリア組と言われた高級官僚が30年を経て、みかん箱と原稿用紙に向かっていた文学青年に逆戻りしていたのであろう。

山内の残したメモの中に「厚生省OB大学教員名簿（社会科学系）」と題されたものがあり、そこには20人におよぶ人間の省内での最終ポストと大学名が記されている。親しい友人には、「役人にはむかないのかな……。福岡に戻って大学の先生になりたいよ」ともらしたこともあった。常に今と取り組んできた官僚が、残りの役人としての年数と自分の人生の長さを計算し始めたということだろうか。

11月末のある日曜日、山内は安原事務次官の自宅を訪れている。救済策をめぐる打ち合わせが目的だった。

夜遅くなって帰宅した山内は知子に、

「水たきを御馳走になったよ……」

と言ったあと、ボソッと、

「迷惑なのかなあ……」

と、ひと言そう言った。

知子は日曜日に自宅へお邪魔したことをそう言ったのだとその時は思ったけれども、実はこの迷惑という言葉の裏には大きな意味が隠されていたのである。

11月27日。北川の具体的な水俣視察の日程が決まらぬうちに11月が終わろうとしていた。12月の通常国会が始まる前に視察を終えなければと考えていた北川は苛立って、

「来週中に訪れる」

と、相談なしに発表してしまった。山内ら事務方は大急ぎで日程調整に走った。

11月30日、北川の水俣視察が12月の5日、6日に決定した。

12月1日、熊本の地元紙には『患者の会』事務局長の談話として、

「来る以上は、和解勧告をどう考え、なぜ拒否し、今後どのようにして水俣病問題を解決しようとするのか、具体的に被害者に示すべきだ」と掲載された。

新聞に北川長官の水俣視察が報じられているのを見て、知子が、

「あなたも水俣へ行くの」

と夫に尋ねると、

「うん……」

と辛そうに頷いたきり、あとは黙ってしまった。

この頃、山内は徹夜や泊まり込みの仕事が続き、知子にも身体の不調を訴えていた。

「この頃、便に血が混じるんだ」

「動悸がする」

不安気に知子にそう洩らしている。夫の疲労がピークに達していると感じた知子が、

「そんなにまでして、命がけでしなくちゃいけない仕事なの」

と聞くと、

「私達は命がけなんです、って患者さんは言うんだよ」

と話した。

ある晩、知子が夜中にふと眼をさますと、台所のほうに人の気配がする。気になって行ってみると夫だった。夫は食卓に隣接した書棚の前で聖書を開いていた。

「どうしたの……」

知子がたずねると、

「うん……『汝の少き日《わか》に汝の造主《つくりぬし》を覚えよ』は何の書だったかなあ……」

夫はそう言った。

山内は聖書の中のこの一節が気に入っていて、赤鉛筆でラインを引いてあったが、夜中に急に気になって2階から降りてきたらしい。

「『伝道の書』の第12章ですよ」

そう言って、知子はその部分を開いてみせた。


汝の少き日に汝の造主を覚えよ。即ち悪き日の来り年のよりて我は早何も楽むところ無しと言《いふ》にいたらざる先、また日や光明や月や星の暗くならざる先、雨の後に雲の返らざる中に汝然《しか》せよ

「これは口語訳と文語訳と随分違うのよね」

知子はそう言って2冊の聖書を比べて夫に見せた。

夫はそんな知子の説明を黙って聞いていた。

この部分は口語訳では次のようになっている。


あなたの若い日に、あなたの創造者を覚えよ。わざわいの日が来ないうちに、また「何の喜びもない。」と言う年月が近づく前に。太陽と光、月と星と

が暗くなり、雨の後にまた雨雲がおおう前に。

泊まり込みが続いていた12月初めの朝、環境庁のある職員が出社すると、地下一階の売店の自動販売機の前にらくだのシャツを着たまま立っている男をみつけた。山内だった。

深夜まで仕事をし、21階の局長室のソファで仮眠した後だったらしい。12月に入ってからは連日こうした日が続いていた。

3日夜、2日後に迫った長官の水俣視察について庁内で最終的な打ち合わせが持たれ、北川、安原、山内、森ら庁内幹部が全員出席した。この会議後、山内は辞意を伝える走り書きのメモを残し、翌朝、恐らく一睡もしない状態で自宅に電話を入れた。

12月4日朝9時、自宅への電話を山内がどこからかけたのかは明らかではない。しかし3日の夜にホテルに泊まった形跡はない。朝まで庁内で過ごし、環境庁の外へ出たところで電話をしたと考えるのが妥当だろう。

「失踪する」と決意した山内は果たしてどこへ向かったのだろうか。2時間半後、山内は2度目の電話を東神奈川駅からかけている。この2時間半の間に山内はどこへ行き、何を見、誰に会い、何を考え、そして失踪することを取り止めにして自宅へ戻る決意をするに至ったのか。東神奈川の近くには長女の知香子が働く会社がある。しかし、娘に会いに行った形跡はない。

もうひとつ考えられるのは羽田空港である。失踪するのであれば飛行機で、たとえば故郷である福岡へ向かおうとしたとしても不思議ではない。しかし結果的に彼は思いとどまった。彼を失踪という行為から引きとどめたものは何だったろうか。

東神奈川駅から自宅へ電話をかけたあと、山内は横浜線に乗り、町田駅へ辿り着く。町田からバスに乗り、いつもは夜遅く降りる薬師台のバス停に昼の12時頃降り立った。そこから家までの5分間の道のりで山内は何を見たのだろうか。

冒頭1章でふれたエッセイ、『忘れられている土への親しみ』の中で山内はこう語っていた。

町田に住むようになって三年目になるが、朝と帰りのそれぞれ二時間近い通勤の混雑には、まだすっかり慣れたともいえない。しかし、駅でバスをしばらく待っての帰宅の疲れも、家の近くのバス停で降りて数分の夜道を歩くうちに、薬でも効くようにうすれていく思いがする。

夜道には、四季それぞれの草木と土のにおいが満ちている。それは、遠い日の祖父の息づかいにさえ感じられて、少年期のやすらぎの記憶をよみがえらせながら、通勤帰りの心身をいやしてくれるのである。

しかし、この日、冬の日の草木と土のにおいが山内の心身の疲れを癒すことはなかった。

12時過ぎ、山内は心身ともに疲れ切った状態で自宅のドアを開けた。

# 10章　結論

12月5日午前7時。

長女の出勤する時間に合わせて夫は2階から降りて来た。準備を終えて出かけていく娘を見送りながら、

「大変だね……」

と声をかけた。

知子には、夫は昨日よりかなり落ちついて見えた。

午前8時。

知子がゴロウを連れて散歩に行く時間だ。いつも通りに家を出て、知子は9時近くに戻った。

夫は知子が出かける前と同じパジャマにガウン姿のまま食卓の椅子に腰かけていた。知子が帰ってくるのを待っていたようだった。

「おかえり」

戻って来た知子に夫はそう声をかけた。

「食事は」

「うん、今はいらない」

「何か食べなくちゃ」

そう言うと知子はとりあえずスープをつくった。夫はそれを少しだけ飲んだ。

パジャマをなかなか着がえようとしないので、

（昨日、役所は辞めると言っていたし、今日は行かなくてもいいのだろう。少し休養がとれそうだ）

知子はそう思った。

夫はスープを飲み終えると、

「お昼頃まで眠るから……。それから役所に電話をして……、そのあと出勤するよ」

そう呟いた。その言葉には全く覇気が感じられなかった。夫はそれだけ言うと力なく立ち上がり、知子の横を通り抜けようとした。

あまりの力のない様子に不安を感じた知子は、立ちあがると夫を抱きしめて、

「また一緒に頑張ろうね」

そう耳もとで囁いた。夫は「うん」と頷いたようだったけれども、最後まで言葉にはしてもらえなかった。

夫は階段を昇り、自室へ入った。

9時だった。

夫が2階にあがってすぐ、玄関のチャイムが鳴った。

庭で桜の落ち葉を掃き集めていた知子が玄関を見ると、配達人が花束を抱えて立

っている。

差し出し人は吹田《ふきだ》愰《あきら》と書かれてあった。吹田は衆議院の環境委員長を務めていた人物で、夫とは懇意にしていた。

（きっと水俣に同行せず、病気療養ということになっていたので、お見舞いに贈ってくれたのだろう）

一瞬、夫に伝えようかとも悩んだが、眠っているといけないと思いよしにした。

知子はいつも通り家のかたづけをして、洗濯をした。

美香子は起きて自分の部屋で勉強を始めたようだ。

いつも洗濯ものは2階のベランダに干していたが、ベランダへは夫の部屋を抜けないと出られない。

（今は静かに1分でも長く寝かせてあげよう）

知子はそう思って干すのは後回しにし、洗濯物は籠に入れたまま階段の下に置いておいた。

12時を過ぎても夫は起きてこなかった。約束した時間は必ず守る人だったので、知子は少しおかしいなと思ったけれども、

（今日ぐらいいいじゃないか。私のわがままということで許してもらおう）

そう考えて起こすのをやめた。

（もう少し、もう少し、今までの分も休ませてあげよう）

午後2時になった。

夫はまだ降りて来ない。

さすがに心配になって知子は階段を昇った。2階の部屋の扉は開いていた。

知子はそこに変わりはてた夫の姿を発見した。

「これがあの人の出した結論か」

妙に冷静になった頭の中で知子は一瞬そう思った。しかし冷静だったのはこの一瞬だけだった。次の瞬間、知子は大声で叫んでいた。

その声に驚いて美香子が勉強部屋から飛び出して来た。


夫は既に死後硬直が始まっていた。

知子はなんとか下へ降ろそうと頑張ってみたが、重くてどうにも動かせなかった。しかたなく階下へ降りて、警察と環境庁へ連絡をした。

「山内の家内ですが、主人が亡くなりました」

「えっ……」

電話に出た環境庁の女性はそう言ったまま、しばらく絶句した。

「山内の家内ですが、主人が亡くなりました」

知子はもう一度繰り返した。

2階へ戻った。

部屋の入口には水俣行きのために夫が準備していた黒い鞄が昨日と同じように置かれていた。

机の上に名刺が2枚、裏返しに並べられていた。ローマ字で書かれた海外出張用のその名刺には黒のボールペンで走り書きが残されていた。

> 知子　感謝
> 知香子　こんなことで
> 美香子　申しわけない

安原次官　なんともお詫びが
　　　　　できませんので
森官房長　皆様にもたいへんな
　　　　　迷惑をかけて

すぐに町田署の刑事と医者が到着した。環境庁からも3人の男の職員が駆けつけた。

知子は次官の名が記された遺書が残っていたので、役所にも話さなければいけないだろうと考え、

「こういうものが残されていました」

と企画調整課のMに見せた。Mは走り書きを見て涙を流していた。

警察と一緒に訪れた医師によって、検死が行なわれた。

死亡の種類　外因死　自殺

死亡の原因
イ　直接死因　定型的縊死
ロ　（イ）の原因　不詳
その他の身体状況　過労で身体の不調を訴えていた
手段及び状況　押入れの上の袋戸棚の天井から柱に電気コードを二重にして通して輪を作り、約43センチメートルの椅子に乗り、押入れの方向を向いて縊死す
死亡推定時刻
午前10時推定

死体検案書にはこう書かれていた。

# 11章　忘却

12月5日午前10時。

北川長官他水俣視察団19人と多くのマスコミ関係者を乗せた日本航空393便は鹿児島空港に着陸しようとしていた。

朝日新聞環境庁記者クラブのTも同行取材のため、機内にいた。

10時過ぎ、空港に到着した北川はさっそく水俣湾埋立地に移動、水銀ヘドロ処理事業でできた同湾埋立地を視察した。昼食後の午後1時50分、北川は水俣病患者専用施設『明水園』を訪問、森山弘之園長の案内で胎児性患者らに面会した。北川は胎児性患者の腕をさすりながら涙を浮かべ、「お大事に、お大事に」と繰り返した。患者は北川の上着を強く握りしめ、ネクタイを引っ張りながら、声にならない言葉で訴えた。

北川はこの後、水俣市の勤労青少年ホームへ移動、ホームでは『水俣病被害者の会』のメンバーら200人が北川を待ち受け、「国は解決のテーブルにつけ」と大合唱した。

患者団体の代表者たちはここで視察団に被害の実情を訴え、早期救済を陳情した。

「水俣病問題に認識を新たにした。前向きに取り組んでいきたい」

患者達の声に対し北川はそう語った、と翌日の地元紙には報じられている。

わずか5時間の駆け足視察を終えた北川は午後3時、記者会見に臨んだ。視察に半日同行していたT記者もその会場で北川の会見メモをとっていた。

会見の途中で県庁の職員が森官房長に何事かささやき、森はすぐに北川に耳打ちした。T記者は、その時は格別おかしいとは思わなかったが、今にして思えば山内局長自殺の報が東京から入った瞬間だったろうと思われる。

北川はこの会見で水俣問題への具体的な対応策を記者から質問され、

「大変いたましい、胸の痛む思いがする。患者の声をみやげにして、頑張っていくが、何とかかたちづけをしなくちゃいけない、と考えている。ただ、今はもののあはれの中にいるので、具体的な方策についてはここでは言えない」

と答えた。

T記者はメモをとりながら、もののあはれとは変なことを言うなと思ったが、この人は時々変なことを言うし、まあ患者さんに直接会ったことをこの人なりにそう表現したのかと思っていた。

会見の後、視察団一行はバスで熊本へ移動した。北川は熊本で夜7時に細川知事と懇談した後、7時30分に単独記者会見をする予定だった。

移動するマイクロバスの中で、山内局長が自殺したらしいという情報が記者達の間に流れた。正式に局長自殺の発表があったのは熊本に到着してからだった。

T記者は予定をすべてキャンセルして、熊本から東京へ引き返すことになった。

12月5日の各紙夕刊と6日の朝刊社会面には『環境庁局長が自殺』と大きな見出しがおどった。

紙面には「文人肌、損な役回り」「和解拒否で批判の矢面」といった言葉が見られる。大蔵省や通産省との意見調整がうまくいかず、和解勧告を受けられずに苦しんだ、と事情を説明したものもあった。

しかし、これらの事情を山内局長が自殺するまでどこも指摘しなかったのはなぜか。「批判の矢面」と書かれているが、世論を代表して批判をしたのは誰だったのか。環境庁が和解を受けられない背景の政治そのものを批判したマスコミはほとんどなかった。担当官が死んだ途端、実は板挟みで苦しかったといくら社会面トップで取り上げても何も事態は変わらない。もし山内が自殺をしなかったら、この問題は環境庁が悪者にされただけで終わっていたのではなかったろうか。

そして、そんな反省とは全く無縁に、山内の自宅へのマスコミ攻勢が通夜の晩から開始された。テレビ局は大きな照明を自宅へ向け、報道カメラマンはフラッシュをたいた。記者達はインタホンで家族を呼び出し、「今のお気持ち」を尋ねている。

通夜には政界から数多く花束が届けられた。玄関を入った左側の和室に祭壇が設けられ、山内の写真が飾られた。その写真の山内はやはり心持ち首を右へ傾けていた。

通夜の客の応対に追われながら、忙しく時間を過ごすことで何とか平静を保とうとしていた知子をマスコミは容赦なく襲う。通夜の間に二度大手の新聞社から電話が入り、お気持ちを語らせ、コメントを取ろうとした。知子はそれらの取材に対し一切答えようとしなかった。

北川石松ら政官界からの弔問が慌しく終わり、ようやく家に穏やかさが戻った。マスコミ攻勢も一段落したかに見えた。祭壇のある和室では山内の遺骸《なきがら》を囲んで、古くからの友人達が思い出話を始めていた。知子もそこに坐り、話に耳を傾けていた。その和やかな雰囲気に包まれて、知子もポツリポツリと夫のことを語り出した。

夫が2階へ昇ろうとした時、なんで私は「がんばって」なんて言ってしまったのだろう……。なんでゆっくり休んで下さいねってひと言言えなかったのだろう……。それが残念でなりません。あの人は、私たち家族のために一生懸命、何も言わずにただ頑張ってくれていたのに……。そんな夫への最後の言葉がまた頑張ってねだったなんて……。

知子は自分の後悔をそのような言葉の断片として表わした。

その彼女の言葉がそのままの形で、ある週刊誌に掲載された。その記事には「本誌独占　遺された夫人が告白」と見出しがつけられていた。記者は喪服を着、友人になりすまして通夜の席に紛れ込んでいたらしい。無記名のその週刊誌の記事は「独占告白」の後、告別式の弔辞で友人の伊藤正孝が引用した山内の詩『遠い窓』を紹介、とってつけたように「山内氏の冥福を祈りたい」というコメントで締めくくられている。

自殺した後の山内に対してマスコミは寛容だった。手のひらを返したように同情的な言葉が彼に向けられた。

生まじめで家族思いで文人肌

文学青年の心持ち続けた官僚の自殺　優しさゆえ苦しむ

優しすぎた男

官僚になりきれなかった水俣病担当局長の死

すみずみまで気を配る心のやさしい方だったので、さぞかしお疲れになったのでは。お互いに忙しくて最近はあまり会えなかった。山内局長は本局の仕事のほか、水俣、地球環境などもかかえ激職であったと思う。水俣問題と局長の自殺を絡めていろいろ推測しても意味がない。本当のことは奥さんでもわからないだろうから。われわれ役人はいつも板ばさみである。

加藤三郎環境庁企画調整局地球環境部長

突然の訃報で信じられない気持ちだ。先月七日、同期会で昼食をした時は、ふだんと変わりなく元気だった。同期会の万年幹事で、気配りの男で、まじめな人だった。大変な勉強家で、本を書いたり、若いころは小説を書いたりするロマンを持った人でもあった。

黒木武弘厚生省保険局長

安原正環境庁事務次官は記者会見の席上で次のように述べた。

最近、企画調整局長としては多忙な毎日を送っておられまして、夜遅くまで勤務が続く状態があったわけです。局長は町田のほうの自宅なもんですから、また町田からバスで通勤されるということで、夜遅くなるとバスもないですから、遅くなった時はホテルをとられてそこから出勤されるといったようなこともままあったようでございます。

安原に限らず、環境庁内部の人間は、山内の自殺の原因は水俣病問題だけでなく、様々な激務が重なった末の過労による発作的な自殺であると考えていた。少なくとも彼らのコメントには周囲にそう受け取らせたい、という意図が感じられた。

確かに彼は疲れていた。肉体的にも精神的にも長年の福祉・環境への取り組みで疲れ切っていたことは間違いない。地球温暖化、石垣島白保の空港建設、長良川河口堰……。問題は山積みだった。しかし、彼らのお悔やみの言葉はその様に数多くの問題を並べることで事件の本質を隠そうとしているかのようだった――。

環境庁は、遺書は家族に宛てたものだけと言って、安原、森の名を記した遺書の存在はふせた。

前出のT記者はその理由をこう語った。

「いろいろ考えられると思うが、走り書きで遺書と言えるようなものではなく、誤解を生んでは困ると考えたのかも知れない。遺書があった、ということになると覚悟の自殺ということになる。そうなると公務災害認定がおりなくなる。叙位叙勲も難しくなる。発作的に錯乱してしまい死を選んだというほうが本人のためにも、残された家族のためにも良いと考えたのではないか」

T記者はこう話した後、もうひとつの可能性について語ってくれた。

「水俣の担当局長が次官に詫びの言葉を残して自殺したとなると、余計に環境庁に対する批判が厳しくなる。庁内のごたごたまで掘り返されて批判されかねない。そう考えて発表をふせた可能性もある」

果たして、かけつけた環境庁の役人は、「こんなものが残されていました」と知子から遺書を見せられ、涙を流した次の瞬間、どちらの理由でこの1枚の遺書の存在をふせようと思ったのか。ひとりの人間として山内個人と残された家族のことを思いやってのことか。ひとりの官僚として公表した場合の環境庁の立場を心配してのことか。

もうひとつ疑問がある。

安原次官宛てに書かれた「なんともお詫びができませんので」という言葉。このお詫び、お詫びとはいったい何を意味するのだろうか。

安原は、遺書の意味はわからない、と言っている。

「お詫びと、森さん宛てに残された迷惑という言葉の意味ですが、役所の組織というのはほんとうに難しい。特に山内さんは良心的に福祉行政について悩んだ、その良心的な人が硬い論理のまかり通る役所の世界でいろんなところでぶつかって苦しんだと思う。人間的な良心なんか出していると役所では潰されてしまう。国家の論理として押し通していく、ある程度冷淡にならなくてはやっていけない。そういう人間が生き残っていく世界なんだな。環境庁だってそれは同じ、にもかかわらず山内は悩んだ。いろいろと人間として悩み、なんとかならないか、何が困難にしているのか、考え苦しんでいた」

T記者はそう山内を見ていた。

山内は水俣病患者をなんとか救済できないものかと悩んだ末に、公害健康被害補償制度の適用を考え、その可能性について各省庁の見解を聞きに飛び回っていた。11月の末に山内が安原の自宅を訪れたのも、このことを相談に行ったのだと言う。しかし、安原にとっては救済策を捜し出そうとするこの山内の行動そのものが迷惑だったのだろう。

「安原は、法律や前例、判例で割り切って進めていけばいいものを何をまどろっこしいことをしてるんだ、と山内のことをかったるく感じていたんだろう。そんな安原に対して、山内は部下としての自分の能力のいたらなさを痛感して、名刺の裏に詫びの言葉を記したのではないか。

もともと今回の視察は11月1日の北川と川本とのやりとりで急に決まったものだ。北川は自民党の中でも保守本流ではない。彼は、役人の論理がわかっていなかったんだ。『俺が行きたいんだ、何が悪い』で通ると思った。政治家としてはその態度は正しいと僕は思う。しかし、官僚としてはおみやげをつくらなければいけない。それは事務方としては当然の考え方だ。そういう荷物をどうしても背負わなくてはいけなくなって、山内以下事務方は大騒ぎになったようだ。

グレーゾーンの患者達を救おうというのがおみやげとしては考えられたが、裁判をやっている以上、そんなことはできない、と大蔵省も他の省庁も言う。山内は各省庁をかけ回りながら何もおみやげを用意することができずに12月3日を迎えてしまった。そういうことだ」

T記者はそう事情を説明した。

12月3日の夜の会議で、北川はおみやげを用意できなかった山内を叱責し、水俣へ同行しなくてもよいと言った、と推測した週刊誌もあった。北川はこれを否定している。この会議の席で具体的にどんな会話が交わされたかは不明である。しかし、ただひとつはっきりしていることは、いくら話し合っても北川が現地へ行くということ以外、この現地視察には収穫も救済策もなかったということだ。

結果的に具体的な対応策は何らなかった。そのことは誰もがわかっていた。水俣へ向かう北川も、受け入れる側の熊本県側もそのことはわかっていたはずだ。

山内の残していた書類の中に1枚のファックス原稿があった。

発信元は「熊本県コウガイ部コウガイタイサク課」、「90年12月3日18時38分」と日時が刻まれている。視察の2日前である。熊本県の公害対策課から環境庁の山内のもとへ送られたもので、見出しには「知事記者会見発言用」（平成2年12月5日、北川環境庁長官来熊に際して）（案）と記されている。

**問** 保健福祉的施策については、どのようなことを話し合われたのか。

県では、健康不安を持たれている方々に対し、これまでも特別医療事業等の施策を実施してきたところであるが、水俣病ではないとして認定申請を棄却されたものの、健康不安から裁判を提起されたり、認定申請で再申請を繰り返されている方々等に対し、水俣病問題の早期解決のためには、更に何等かの保健福祉的施策が必要であるとの考えを、これまでも国に対し（県議会と一体となった請願、陳情等を行うなど）機会あるごとに要望してきたところである。

本日、このことについて改めて長官に要望申し上げたところである。

北川長官との率直な意見交換の結果、このような施策の必要性について意見の一致を見ることができた。また、できれば来年度からでも、新たな施策に取り組むことについても、意見の一致を見たところである。

具体的な内容については、これから国と県の担当者間において詰めていくこととなった。

北川との懇談を終えたあとの細川護熙のコメント原稿である。

実際に話し合いをする以前に「意見の一致」をみてしまうような「率直な意見交換」をするために、北川は大騒ぎをして水俣へ行くと言った。

その結果、北川は環境庁長官として11年ぶりに水俣を訪れたという実績を生み、細川知事をはじめとする熊本県側には、視察に来させたという成果を残し、患者に対する具体的対応策は何ら生まれず、その間《はざま》で環境庁のひとりの官僚が死んだ。

具体的な救済策がない以上、長官を水俣へ行かせるのは危険である。環境庁の事務方はそう考えた。患者を前にして人情肌の北川がつい「救済しよう」とでも言ってしまえば、環境庁が自らとりまとめた「国の見解」を踏みはずすことになる。なんとかして北川を水俣へ行かさない方法はないか。その環境庁の本音と山内の「お詫び」という言葉が実は結びついている、と指摘するのは山内の高校時代の友人で、朝日新聞の編集委員でもある伊藤正孝である。伊藤はこの事件には一ジャーナリストとしても取り組んでいる。

「お詫びという言葉をどう解釈するのか。素直にとれば、何かを安原次官から命じられた。けれども、それを果たすことができなかった。ですから死んで詫びますと、こうなるわけです。

これを水俣病訴訟に結びつけていちばん考えられるのは、北川環境庁長官が患者と対話しようとしている。これを何とかならないか。妨害とはいわないまでも、この対話をなんとか止めさせられないかと、こういうことでしょう」

実際、北川は11月6、7日の両日、ジュネーヴの第2回世界気候会議に出席する予定だったが、国連平和協力法案の国会審議のあおりを食って断念している。庁内事務方は何とかして北川を海外へ送り出し、水俣視察は日程的に無理ということで北川を納得させようと考えていた。12月10日の通常国会までのスケジュールを埋めてしまえば、その頃までには世論の和解拒否に対する批判も静まるのではないか。

事務方は北川に英米両国を訪問させ、今後の地球温暖化防止策などを協議させる計画を立て、日程調整に入った。しかし11月28日、サッチャー英首相が突然辞任し、北川をイギリスに送り込む計画は実現しなかった。

「これらの計画がすべて失敗しまして、北川さんが水俣に行くと自分で決めた。ですからこういういろんな試みをやっている。この試みをやったのが、事務方といわれ、山内君もその一員でしょう。それがすべて失敗した。だから責任をとると。こういうふうに私は解釈したんですがね」

伊藤はそう語った。

山内は北川の水俣視察を止めることができなかった。12月3日夜の会議で北川が席をはずしたあと、そのことで安原が山内を叱責した、ということは考えられないことではない。事務方の筆頭局長が同席していたら人情派の北川が患者を前にして、つい「救済しよう」と放言した場合、それを環境庁の公式発言ととられかねない。だから「お前は行くな」と安原が山内に言った可能性はある。しかしこれもあくまで推測でしかない。

伊藤は12月8日、中野区宝仙寺で開かれた告別式の席で友人代表として弔辞を述べ、怒りを表わした。

「山内君、今、私は怒っています。悲しむよりも怒っています。あんなに輝いていた君をどん底に突き落としたのは何だったのだろうかと。職場にもっと支えてくれる人がいなかったのかと怒っています。同時に君にも怒っています。もっと官僚に徹して生きる手はなかったのだろうか」

職場に山内を支えてくれる人はいなかった。それは環境庁という役所の複雑な成り立ちがひとつの大きな原因になっている。T記者はこう語る。

「彼はとにかく優しい人だった。役人としては稀有だったね。他の人間はみんな出世のこと、出身省庁のことしか考えないような人ばっかりだよ」

環境庁はもともと発足した時点から各省庁の寄り合い所帯としてスタートしていた。いわゆる幹部といわれる課長以上のポストはこの時点ではすべて他省庁出身者が占めている（その後、1991年7月9日、20年目にしてようやく環境庁生え抜きの課長が2人誕生している）。

他省庁からの出向組は本気で環境行政に取り組もうというよりは、出身省庁に戻ってからの出世の方を気にしていた。

「要するに環境庁では誰も老後の面倒を見てくれない、ということですよ。大蔵省から環境庁に来る人はいわば落ちこぼれ、次官レースに負けた人ばかりですからね。ほんとに仕事しない人ばかりで。山内は仲間もいなかったし、仕事はなんでも自分でする人だったから資料も自分で捜してきては、コピーをとっていましたよ」

T記者はさらにこう続けた。

「官僚が一般的に評価される要素は大きく分けて三つある。一つは対自民党。自民党幹部に良く思われてるかどうか。二つ目は対他省庁。つまり根回し、持ちつ持たれつの関係をどうつくっていけるかということ。三つ目は対マスコミ。将来、次官から政界へ打って出ようとする人間は良く書いてもらおうと思って、記者達とのつき合いを密にしていく。

山内はそのどれひとつとってみても下手だった。庁内では上からも下からも有能な局長だとは思われてなかった。現に、山内が企画調整局長に就任する時、自民党の環境部会では議員から『あんな無能なやつは駄目だ』と本人のいる席で散々悪口を言われていた。そういう意味では本当に評価の低い人だった」

そもそも彼はなぜ厚生省で事務次官になれなかったのだろうか。上級公務員試験を2番で合格したわけであるから、次官レースのスタート時点では他を大きく引き離していたはずである。その彼がなぜ環境庁に出向を命じられたのか。

昭和34年入省組の厚生省における次官レースは山内豊徳と黒木武弘のふたりの闘いだと言われていた。黒木も東大法学部出身で、入省した年は児童家庭局企画課に配属されている。山内が厚生省で大臣秘書官事務取扱を務めていた1973年（昭和48）、黒木は環境庁に出向、そこで同じように秘書官事務取扱を務めている。この時の環境庁長官は三木武夫。「腰が低く、要領もいい」というのが記者達の間での黒木に対する評価だったという。この時のポストから言ってもふたりに対する厚生省幹部の評価は明らかに黒木より山内を上と判断している。

ところが、ふたりの評価の逆転が1977年に起こる。その年の8月、山内は社会局の施設課長に就任、同じ時期に黒木は保険局の国民健康保険課長に就任した。

昭和20年代、日本全体が未だ戦後の貧しさを引き摺っていた時代には厚生省の主な仕事は貧窮民対策だった。したがって、当時省内ではその対策を中心に行なっていた社会局が最も注目を集めていた。社会局長は最右翼ポストと言われ、この時期から昭和30年代に事務次官に昇りつめた人物の多くは社会局長経験者だった。

しかし時代が変わり昭和40年代に入ると、国全体が貧しさから抜け出し、厚生省の対策も貧窮民を中心としたものから一歩進んで、医療、健康保険、年金の整備へと移っていく。したがって昭和40年代以降、次官になった人間はほとんどが保険局長経験者ということになる。となると課長時代に保険局、年金局、薬務局などで課長を経験していないと、その後、省全体の責任を任されるようなポストにはつけないという状況が生まれてくる。そんな傾向が完全に定着した昭和50年代に山内は地盤沈下を始めていた社会局に配属され、黒木は花型の保険局に配属された。

しかし、この配属は山内の望んだものでもあった。彼は出世コースであった保険局や年金局よりも、厚生省の中でもあまり重要とは考えられなくなっていた障害者や生活保護世帯救済に携わる社会局を自ら選んだのである。彼は厚生省で事務次官になることを放棄してまで、入省当時の目的だった弱者救済にこだわったと言ったら、言いすぎだろうか。しかし客観的には、山内は次官レースを自ら降りた、と判断された。この段階で黒木は将来自分が事務次官になれることを確信したはずである。その後、彼は薬務局、大臣官房審議官（医療保険担当）、保険医療局と重要な局での課長部長職を歴任し、1990年6月、文字通り筆頭局長である保険局長に就任するわけである。

厚生省記者クラブ出身のある記者によれば、山内は確かに非常に秀れた頭脳の持ち主で、能吏という言葉が最もふさわしい人物だったと言う。秘書官など、誰か上の人間を補佐するようなポジションではとても優秀な働きをしていた。しかし彼は本当によく気配りをする人で、たまに記者仲間と飲み屋に行って騒いでいても、自分以外のすべての人が楽しそうにしているか、誰かがつまらなそうにしていないか、いつも気を配って動き回っているような人だったと言う。そんな彼の性格が、人の上に立った時にあまりにすべての人に誠実に対応しようとするあまり、決断を遅らせたり、その発言を歯切れの悪いものにした。

山内のその誠実さが、1977年の時点での逆転の原因になったのだと記者は言う。保険局は医師会と、年金局は国会を舞台に政治家と渡り合うだけの度胸と決断力、思い切りを必要とされた。そんなポジションには山内は不向きだ、とこの時点で幹部に判断されたわけである。この時、山内の志向と省幹部の判断が別々の思惑で一致した。ある意味で1986年の山内の環境庁出向は、その10年前に既に決定していたと言ってもいい。

相手の立場に立ってものごとを考える誠実さや福祉に対する理想論など、厚生省では必要としていなかったのかも知れない。山内が自ら語った福祉に携わる人間に不可欠の資質である「人間に対する関心」が、官僚として評価を得るには最も邪魔だったのかも知れない。しかしそれは彼が出向した先の環境庁でも全く同じことだった。

公害課で山内の上司だった橋本道夫は彼をこう評した。

「僕はね、山内君は知り抜いてますよ。仕事もよくやってねえ、非常にいい人、優しい人、素晴らしい人、賢い人。けどね、あの人にあのポストというのはね、重かったんだろうな。環境庁の企画調整局長というのはね、随分な権能があるんです。時には怒り、時には喧嘩しなけりゃいかんのですよ。それから決断しなけりゃいかんです。そこにね、彼自身としてはどこまで踏み込めたか、という苦しさがあったんでしょうね。僕はそう思います。

僕は彼が企画調整局長になった時に、果たしてやれるか、と思ったです。僕は彼を低く評価してるんじゃないんです。非常にいい人です。しかし、人事というのは適材適所にしていかないと、厳しいものですよ。僕なんかもね、ネクタイ引っ張られたり、蹴飛ばされたりねえ……罵詈讒謗《ばりざんぼう》の悪口言われたりしたけどね、僕はもう滅茶苦茶にたたかれることに馴れたからね。

僕と比べると、彼は人柄としてはナイーヴなところがある。それを責める気は何もないです。それは人それぞれの持ち味ですよ。彼を社会局長ぐらいにして生かしてごらんなさいな。いい仕事するよ。なぜ彼のような人を企画調整局長にしたのか、ということです」

橋本はそう言って厚生省、環境庁の人事を批判した。福祉課長や保護課長クラスのポストにいた頃には、彼の理想主義や人間的な優しさ、福祉への熱い想いといったものは生かされていたし評価もされた。しかし、山内のポストがあがっていくにつれ、官僚として要求されるものはそんな「理想」ではなく、「根回し」や「駆け引き」といった政治的手腕に変わっていった。環境庁の企画調整局長というのはそういった手腕が最も必要とされるポストだった。

彼はポストがあがっていくことを望んではいなかった。知子には口ぐせのように「現場に戻りたい」「埼玉時代が一番楽しかった……」と言っている。

厚生省内にも、山内に企画調整局長は向かないという声はあった。彼が水俣問題で苦しんでいた時、「社会局長あたりのポストで厚生省に戻してやったらどうだ」という声が幹部からも出たそうである。しかし「もう少し我慢すれば次官になれるんだから」という意見もあり、適当なポストが用意できそうもないという現実的な問題もからみ、この案はたち消えになった。しかし、山内のかかえていた不幸は、ポストの問題にその本質があるのではなく、理想主義が現実主義に圧倒されていく、今という時代全体がかかえている問題であったことを役所の人間は果たして理解していただろうか……。

安原正環境庁事務次官は1958年、東大法学部から大蔵省へ入省、大学時代は山内の1年先輩にあたる。安原は大蔵省時代は理財局に所属し、同期入省の中では総理大臣秘書官を務めていた尾崎護《まもる》、主計局総務課長から主計局次長に就任した角谷《かどや》正彦《まさひこ》とともに三羽ガラスと言われ、一時は事務次官候補として名前があがっていたほどの人物である。

しかし、安原はこの次官レースに敗れる。彼の所属していたのが理財局という省内ナンバー3の局で、どうしても主計局、主税局よりもレースに不利だったことも敗因のひとつとしてあげられる。安原は環境庁の次官を務めた後、大蔵省関連の団体に天下りすることとなる。

山内の直属の部下である企画調整課長のHも東大経済学部卒の大蔵省出身者だった。彼も早々に大蔵次官レースからはずれた人間だった。

大蔵省は水俣病訴訟について、患者に対する多額の補償金などとんでもない、という立場である。そうなると大蔵省出身者は出身省庁の意向にそった環境行政を目指す。環境庁に骨を埋める覚悟をしている人間ならともかく、やがては大蔵省に戻るか、大蔵省の関連団体に天下りしようと考えているのであればそうするのが官僚の常識である。山内はそのふたりの大蔵省出身者に挟まれていた。

山内が「やりにくいのは内部なんだ」と言っていたのはこのことを指している。

山内は、大蔵省の意向と環境庁の意向、患者の気持ちと国としての見解、北川長官水俣視察をめぐる様々な思惑、そして庁内における大蔵省出身者との軋轢、何より山内の内部での人間としての気持ちと官僚としての立場、これら三重四重にも重なった板挟みの中で死を選んだ、と判断できる。それが彼が出した結論だった。

しかし、最後にどうしてもひとつ疑問が残る。板挟みの苦しさから逃れるためであれば、なぜ環境庁を辞職しなかったのか。なぜ官僚を辞めてしまわなかったのか。辞職することでは解決できない何かがあったのか。

著書もあり、元環境庁筆頭局長ということであれば、退職後もどこかの大学で講師として教壇に立ち、休日には夫婦で美術館廻りをするという生活も充分送れたはずである。知子の言う通り、「定年が少し早くなった」と思えばそれですんだはずだ。

現に、4日の夜には辞職の決意を固め家族にもそう話していた。翌日になってその発言と違う結論を選んだのは何故だろうか。

生前山内と親しかった『てんかん協会』の松友了は、彼の死を決して発作的なものでも錯乱の果てのものでもない、と死の直後から断言していた。

「テレビ等拝見してお疲れの御様子はわかりましたけれども、山内さんは今までもいろんな苦しい中を切り抜けていらっしゃった方ですから、当然、今回の困難な状況も切り抜けていかれると思っていました。

理解できるとか、共感できるというのではないんですが、単に少なくとも逃げて逝かれたわけではない、という感じはするんですね。当然ながら生きて闘っていくと、切り開いていくというのが最も大事かと思いますけれども、彼なりに生き方についての整合性、一貫性を示されたんではないかと。少なくとも御自分自身の生き方、自分自身の論理に忠実に生きようとされた、生きようとされたからこそ、いうなれば亡くなられたんではないか。役人としての自分に忠実に、人間としての自分に忠実に生きようとした時に、結局自らにああいう形で結論を下さずにはおれなかったんではないかと思います。

ですからそういう意味では、誰かの圧力でという外部的な問題ではなくて、彼なりの、彼自身の美学というか、彼自身の誠実さ故に、その誠実さ故に問題から逃げなかったために自爆してしまったということだと思いますね」

山内は自分が書いた詩や作文、論文などはすべて丁寧に箱に整理していた。その箱の中に『しかし』と題されたひとつの詩があった。

しかし

しかし……と
この言葉は
絶えず私の胸の中でつぶやかれて
今まで、私の心のたった一つの拠り所だった
私の生命は、情熱は
このことばがあったからこそ——
私の自信はこのことばだった

けれども、
この頃この言葉が聞こえない
胸の中で大木が倒れたように
この言葉はいつの間にか消え去った
しかし……と
もうこの言葉は聞こえない
しかし……
しかし……
何度もつぶやいてみるが
あのかがやかしい意欲、
あのはれやかな情熱は
もう消えてしまった
「しかし……」と
人々にむかって

たゞ一人佇んでいながら
夕陽がまさに落ちようとしていても
力強く叫べたあの自信を
そうだ
私にもう一度返してくれ。

この詩が初めて書かれたのは山内が15歳の時である。高校の文芸部に所属し、詩作に没頭していた時期だ。山内はこの詩への想い入れが強かったらしく、ノート等に度々書き写している。2度目は大学時代、小説家を志し投稿と落選を繰り返していた時の大学ノートである。繰り返し記しては自分自身を叱咤激励していたのかも知れない。

そして3度目。日時ははっきりわかっていないが、『財政経済弘報』と左下に記された原稿用紙に青のインクで書かれたこの詩は、彼が自ら整理していた書類箱の一番上に乗せられていた。ごく最近記されたものらしい。

知子は山内の死後、彼の残した文書類を整理していてこの詩を発見した。

「あの詩を見た時に、あの人の信念というか、自分に厳しいところの規準というか、あの詩の中に全部凝縮されているような気がしました。本当に胸がつきました……」

知子はそう、語った。

「しかし」とは現実社会に対して異を唱える抗議の言葉であり、青年期特有の潔癖さを示す言葉であり、理想主義を象徴する言葉である。

山内の人生はまさにこの詩の通り、常に逆接の人生であった。学生時代も厚生省時代もそうであった。官僚という職業に就きながら、その代名詞である「なわばり主義」や「権威主義」「出世主義」といったものと常に一線を画してきた。これは努力はもちろんだが、彼の資質がそうさせたと言っていい。この『しかし』という詩は知子が言うように、彼の人生観を凝縮させたものである。と同時に、自分の内部に対するある種の喪失感、その喪失に対する焦燥感を語っているという点においてもまた、最も山内らしいものである。彼の一生懸命さ、必死さ、真摯さは、この喪失感とそこから来る焦燥感に後押しされたものであった。

そして、この焦燥感に後押しされることで彼の福祉への取り組みは進められていったのである。

しかし、彼の福祉への取り組みや認識が直接的に彼の官僚としての仕事に生かされることは少なかった。

生かすことができなかった、と言ってもいい。

それが彼の弱さでもあった。

山内が環境庁に在職中、公害健康被害補償制度が廃止された。その愚を彼は理解していたはずである。しかし、その認識を声にすることを彼はしていない。それは一官僚としては仕方のないことである。長官は稲村利幸である。そんなことを一官僚の身分で進言しようものなら、彼の官僚としての人生はその時点で終わっていただろう。

自然保護局長時代、彼は妻とふたりで町田周辺の自然を散策し、ふたりで山を歩き、彼自身失われた少年時代を取り戻すべく、自然に身をひたしながら平穏な毎日を送っている。その一方で長良川に河口堰が建設され、白保の珊瑚礁は空港建設用地として埋立ての危機に瀕していた。そのことに対して日本の自然保護行政の最高責任者という立場に身を置きながら、役人としての彼は大きな逆接的な働きかけはできていない。

しかし、そのことで彼を非難できるだろうか。彼が53年かけてやっとつかんだ家庭の幸せを、日常の平穏を誰も否定できる者などいはしない。そのことを否定できる人間がいるとすれば、それは山内豊徳ただひとりである。

53歳という人生の決算期を迎え、彼は高校時代に書いた『しかし』という詩を、もう一度自分に向けて書いてみた。しかし、彼の中に熱いものはどうしても蘇らなかった。

ある意味で山内の30年におよぶ官僚の生活は、この「しかし」という言葉を自らの中からひとつひとつ消していく、そしてその喪失を確認していく作業の連続だったと言っていい。

山内は、この作業の連続の果てにひとつの結論にたどりついたのではないか……。

山内の残していたノートの中に1953年（昭和28）8月9日付を持つ、次のような創作断片がある。

夢のことば

◯

私の心の中の雲が言った。〝自分が何処へ行くのか分からなくなる。何処へ行こうとするのか、そして自分が動いているのか。おかしなことだ、つい今しがたまで私はあんなに喜んで自分の望んでいたものを知っていたのに、忘れてしまったのだろうか。いや忘れるはづはない。それなら私は自分の考へを変へてしまったのだろうか。しかし昨日の私と今日の私と全く同じではないか〟

私は答へてやった。〝教へてあげよう、それはね、お前の新しい感情のためなのだ。お前に起こった新しい絶望、そしてそれは何故起こったのか、お前は知るまい。今日の敗北がお前をそんなに苦しめるのを〟

雲は答へなかった。私は淋しい気持でつづけた。

〝そして絶望は消えるときがある。しかし敗北はどうにもならない。敗北によって変えられた生活はどうにもならないのだ。お前はまだいいさ、そんなときお前自身が消えてしまうのだから。しかし人間はいつまでも生きている。敗北に痛めつけられても耐えていなければならない。絶望にもよろこびにもどんなに苦しんでも人間は生きている。それがどんなにあはれなことか。少なくとも私にとってはまるで気が狂いそうなのだが〟

私は一人で歩きながら何故か笑っていた。

◯

私ははっきり言おう。そこに生きていてそこで考へているのは私だと、まぎれもないこの私だと。

喪失が絶望を生みそして消すことのできない敗北が彼を包む……。水俣病和解勧告拒否という現実を前にして、53歳の山内の心境もまさに敗北の淵にあった。

山内には整理癖があった。特に自分のつくった詩や作文は小学生時代から死の直前まで、40年以上にわたって自らの手で整理し、まとめていた。ある時は「年録」と名付け、自分の人生の歩みを振り返りながら生いたちから現在までを克明にたどり、ノートに記している。またある時は、自分が読んだ本を1冊1冊年代別に整理し、「蔵書録」をつくっている。

彼はすべての過去を、過去の自分を、青年期の輝きに満ちたすべての言葉を、心の中で引き摺り、そしてそれらに呪縛されながら53歳の今を生きていた。過去の自分へのこだわりが現実の自分を辛うじて支えていたのである。しかし、水俣病和解勧告拒否という今回の一件、そしてその裏で自らが行なった幾つもの無意味な画策は、常に弱者の側に立とうとして来た彼のそれまでの姿勢を真正面から否定した。敗北をつきつけられた山内は、そこから眼をそらすのか、敗北という現実を受け入れるのか、選択を迫られた。

山内は『かくも長き不在』という映画が好きだった。その映画の主人公アルベールは記憶喪失だった。記憶を呼び戻そうとしてテレーズがアルベールとカフェで踊った曲には、こんな歌詞が付けられていた。

三拍子の曲が　思い出へと誘う
店のざわめきも消え
楽譜をとじ　眠りにつく
でも　いつの日か突然
思い出が蘇える
忘れたかったのに

アルベールは戦時中ゲシュタポで経験した辛い過去をすっかり忘れ去っていた。彼は過去とは全く関係のない今だけを生きることができた。その点においては、アルベールはとても幸せだったと言っていい。もしかすると、山内はアルベールのように「記憶を失うこと」に魅《ひ》かれて、繰り返しこの映画を観ていたのではないか。

自分の中に次々と蓄積されていく喪失感と敗北感を彼は何とか忘れたかった。しかし、彼の真摯さがそこから目をそらすことを許さなかった。結果的に彼は彼自身に対して忘却という行為を禁じてしまった。そして、最も大切なものを喪失してしまった今の自分を肯定して生きていくことも、彼にはどうしてもできなかった。その潔癖さと自己愛の強さが彼を自己否定へと向かわせた。

12月5日午前10時。

敗北に打ちひしがれた山内が最後に見たものは、2階の窓ガラス越しにはるかに浮かぶ冬の雲だったろうか。そして、その雲はあくまでも美しく、純粋で、山内には敗北とは無縁の存在に見えたのかも知れない……。

年齢を重ねていくにつれ、人は「しかし」という言葉を自分の中から失っていく。そして、その言葉を「だけど……」という言い訳の言葉に変えながら生きていく。山内はそれが許せなかったのかも知れない。「しかし」と言えなくなった53歳の自分を、15歳の自分によって裁いてしまったのではないか。

〝もう一度返してくれ〟という山内の叫びは、自分に向けてのものだったのか。「だけど」という時代へ向けてのものだったのか。

現実主義の時代の中で、

しかしという言葉が山内の中から消え、

時代からまたひとつ

しかしという言葉が消えた。

# 終章　再会

告別式の後、何日かして知子はふたりの娘と沼津から上京した父と一緒に環境庁を訪れた。お香典や葬祭費のことで秘書課長のOと打ち合わせをする約束をしていた。

用事が済んで知子は長官室を訪ねた。

北川はそこにいた。

「娘さんの縁談でも控えていれば、死ななくても済んだかも知れないのにねえ……」

北川は知子にそう言った。それだけ言って、仕事の話には触れようとしなかった。

知子は次に安原に挨拶に行った。

安原は知子を見て、明らかに動揺しているようだった。

「山内君の後任が決まりましたので……」

安原はそう言った。

（私に向かって言うことではないな……）

知子はそう思った。

次官室を後にした知子は、役所の人に頼んで夫が働いていた21階の局長室に入らせてもらった。

窓を開け、下を見下ろした。

（ここから飛び降りることもできたのに、なぜあの人は家まで戻って来て死んだのだろう……）

豆粒のような人の動きを目で追いながら、その時知子はそんなことを考えていた。

12月の外気が頬に冷たかった。


それから2年近い歳月が流れた。

「山内君の死を無駄にせず、水俣病問題解決へ向けて……」

と語っていた北川石松は、山内の死後3週間して環境庁長官の任を解かれた。

北川に代わって90年12月30日、第25代環境庁長官に就任したのは愛知和男《あいちかずお》だった。愛知はリクルートから13年にわたって総額1260万円の献金を受け取っていたことが発覚し、宮城県知事選出馬を断念したばかりだった。

「議員として地球環境問題の国際会議に出たこともあり、大変関心があるので頑張りたい。国内では自動車の排ガスや水質汚染の問題、地球的発想では地球温暖化やオゾン層の破壊の問題などに力を入れたい」

愛知は就任の弁をそう語った。

しかし、愛知はゴルフ場をバックアップする『ゴルフ産業振興議員連盟』の副理事長を務め、『大規模リゾート建設促進議員連盟』や『長良川河口堰建設促進議員有志の会』にも名を連ねている開発推進派の中心人物で、就任当初からその適性に疑問が持たれていた。

愛知に続いて長官に就任した中村正三郎《なかむらしょうざぶろう》はさらにひどかった。千葉県出身の中村は、亡父中村庸一郎代議士以来親子二代にわたって東京湾横断道路建設が悲願、という開発促進派だった。計画段階からその必要性と東京湾の自然破壊が問題になっていたこの道路建設計画を中村は強引に成立させている。

さらに中村は、新空港建設で揺れる石垣島に長男名義で『石垣シーサイドホテル』を所有、生態系保護か空港建設かで大きく揺れている島で環境庁の長官がリゾートホテル経営ということで、その見識が疑われている。この開発推進派の相次ぐ長官就任の背景には、北川を長官にしたことに対する自民党の反省が強く感じられる。

山内の死から1年と2か月が過ぎた1992年2月7日。東京地裁から「水俣病東京訴訟」の判決が出された。国としては和解を拒否してまで、待ちに待った判決だった。

和解勧告を出した荒井真治裁判長は、最大の焦点だった行政責任について「行政には当時、漁獲を一般的に禁止する権限はなく、汚染源が断定できない段階ではチッソの工場排水を規制するだけの要件も満たされていなかった」との判決を示した。国の法的責任を否定し、その言い分を全面的に認める判決であった。

日本が物質的には豊かになっていった時代に、その経済成長の犠牲となっていった水俣病患者たち。彼らを文字通り生き地獄に追いやった経済成長。その日本の「発展」を支えた企業と政府の犯罪を司法はついに裁けなかった。

農林水産省は本件に関して法的責任はないと主張しており、これまでの主張が認められたものと受け止めている。

田名部匡省《たなぶまさみ》農林水産大臣談話

国はこれまで法的責任がないと主張しており、この主張が認められたものと考える。

渡部恒三《わたなべこうぞう》通産大臣談話

水俣病の発生、拡大に関する国家賠償の責任が否定されたということについては、我々の主張が評価されたものと考えている。しかし、原告らの一部に水俣病である相当程度の可能性があるものが含まれているとしている点については、今後、判決の内容を詳細に検討したい。

中村正三郎環境庁長官

根回しが行きとどいたのか、みごとなまでに統一された関係各省庁の談話であった。

安原正事務次官は2年の任期を1年で切りあげ、1991年7月、大蔵省関連の「農林漁業金融公庫」に理事として天下った。

1992年7月、厚生省では山内のライバルと言われていた同期入省の黒木武弘保険局長が順当に事務次官に就任した。

この2年の間に知子にも様々な出来事があった。

1991年11月。

主人がこの世を去ってから1年近い時間が経過した山内家に、「公務災害認定」

の報が届けられた。自殺者に対してはなかなか降りにくい認定で、異例の措置と言えた。

また、これと期を同じくして叙位叙勲の知らせも届いた。

正四位に叙する

平成2年12月5日

内閣総理大臣　海部俊樹　奉

日本国天皇は山内豊徳を勲三等に叙し旭日中綬章を授与する

賞状にはそう記されていた。

「何か、逆にむなしいですね……」

賞状に眼を落としながら知子はそう言った。

夫の死後、知子は公務災害申請のための資料として、家での夫の様子などを便せん7枚に記し、環境庁へ提出した。その中で知子は遺書の文字は何を意味するのか、何がこのような事態を引き起こしたのか知りたいと訴えた。

その質問に対する環境庁からの答えは2年経った今も彼女のもとへは届けられていない。

夫に先立たれ、知子は苦しんだ。

私はどれだけ夫を理解していただろう……。

20年以上連れ添って来て、私はあの人のことを実はほとんどわかっていなかったのではなかったか……。

『感謝』という、たったひとつの言葉だけ残して死んでしまわれては、残されたものはたまらない。

なぜ死んだのか、私には全くわからない。

一番そばにいて私はどうしてその死を食い止めることができなかったのか……。

前日、夫が役所を辞めると言い出した時、「大丈夫、なんとかなるから」なんて言わなければよかった。その私の言葉を聞いて、これで自分がいなくても大丈夫だ、と思ってしまったのかも知れない。

私が見殺しにしたのだ……。

人は孤独なものだ。

徹底的にひとりなのだ。

それはたとえ夫婦でも同じなのだ。

死の直後、知子は夫を理解できなかったことに苦しめられ続けた。そして自分を責め続けた。

(私はあなたの隣りにいて幸せだったと、確かにあの人に伝えられただろうか……)

その自信が知子にはなかった。

(以心伝心などということは夫婦においてもありえないことなんだ。もとは他人なのだ。人は話し合わなくては、言葉にしなくては理解できない。こう僕は、私は思っている、と言葉にして伝えなくてはいけない。私たち夫婦にはその言葉が欠けていた)

知子はそのことを後悔した――。

時間が流れた。

1992年春。

次女の美香子が1年の浪人後、希望通りK大学の獣医学部に合格し、4月からキャンパス生活を送るようになった。

山内家も少しずつ明るさを取り戻してきた。

(人は結局、人を理解できないのかも知れない)

一時そう考えていた知子も、少し考え方を変えた。

(人は孤独なのだ。徹底的にひとりなのだ。

しかし、そのことをしっかり認識し、そこからスタートすることからしか、人は人を愛せない。孤独であることを認識しなければ人は人を理解できないのだ)

知子がひとり苦しんでいた時、友人達が彼女のまわりに集まった。夫の友人達も彼女を支えてくれた。その支えがなかったら彼女はこの歳月を乗り切れなかったかも知れない。

(ひとりになって、自分はひとりではないとよくわかった……)

知子はそう感じていた。

「死んだことで生かしてもらっている……。あの人が死んだことで自分のまわりにはほんとうに多くの友人達が集まってくれました。それに自分は夫婦のこと、生きるということ、死ぬということを真剣に考えるようになりました……。これはみんな夫のプレゼントなんです。

結婚なんて恐ろしいものをよくもまあ20年もやってきたものだとは思いますけれども、その最期に主人は大きなプレゼントを残してくれました。逝ってしまった人を追いかけても始まらない。さよならを言われたんだから、私もさよならをしないといけないんです。別れを別れとして受け入れ、私の中で、彼の死を認めてあげないと……。

大丈夫だと思ったから、夫は娘と私を残して先に逝ってしまったんでしょう……。だから、夫は私が苦しむことを望まないと思います。あの人に喜んでもらえることは何なのか。それは、きっと私たちが元気で生きていくことでしょう。私がふたりの子どもを元気に社会に出すことでしょう……。

なぜ死んだのかはやはり全くわかりません。けれども、ここまで帰って来る途中でいくらでも死ぬことはできたのに、あの人は家へ戻って来て、私の顔を見てから死にたかったんだ……。そう思っています。それがあの人の私に対する最後の甘えだったんです。

あの人は私のもとで安心して死んだんだ……。そう思いたいですね……。

自殺ですから……きっと本人も今は後悔してると思いますよ。私がもうしばらくしてあの人と同じ向こう側へ行った時に、あなたがいなくなってこんなに苦労した、こんなに大変だったたって言ってもしょうがない。それよりもあなたが死んだあと、こんな楽しいことがあった、こんなこと考えたのに、早く行っちゃってもったいなかったわねって……そう話しかけられるような時間をこれからは送りたいと思っています……」

知子はそう語ったあと、

「こう考えられるようになるまで、2年かかりました……」

と呟いた。

現在、知子は、友人の伊藤正孝らとともに、山内豊徳の創作や論文をまとめた遺稿集の出版準備に忙しい。知子もふたりの娘たちも、この遺稿集に短い文章を寄せている。

「この遺稿集ができたら、ほんとうにこちらから夫にさよならが言える。きちんと、さよならが言える。そんな気がしているんです」

知子はそう言った。

この秋、知子にとってうれしい出来事がひとつあった。自治会の委員長から推薦を受け、この12月から地区の民生委員を務めることになったのである。民生委員には生活保護世帯と福祉事務所の橋渡しや、70歳以上の老人達へ、市や都からの奨励金を届けるといった仕事が任される。

「福祉の末端の末端ですけど……三回忌を迎える時に、こうやって、あの人が最後までこだわっていた福祉の現場に自分がかかわることになって……私に残っている力で何かできることがあればと思って引き受けたんですけど……。主人が書いたものを参考にしながら取り組んでいこうと思っています」

一語一語かみしめるように語った知子は、

「何か、できすぎた話でしょ……」

と言って、うれしそうに笑った。

2年経って、知子はようやく夫の残した手紙や日記などに触れられるようになった。

夫が最後に自分に残した『感謝』という二文字も、やさしい気持ちで受け入れられるようになった。

今はまだ一方通行であるが、知子は毎日の生活を通して、いろいろなことを夫に語りかけている。

今日はこんなものを食べた。

今日はこんなことを考えた。

今日は娘とあなたの話をした。

また、薬師池でスミレをみつけた……。

そうすることで知子は、一歩ずつ夫を、山内豊徳というひとりの人間を理解し始めている。

「今、もう一度やり直せば、

私たち夫婦は、

きっとうまくいくと思いますよ……」

知子はそう言って、明るく笑ってくれた。

# あとがき（単行本）

1991年1月10日午後5時。

僕はテレビのドキュメンタリー番組の取材のため、町田駅からバスで薬師台へ向かっていた。訪問先は山内知子さん。彼女は1か月前に自殺というショッキングな出来事で夫を失ったばかりだった。

11月に取材をスタートした番組は、当初、「生活保護の現状と問題点を描く」予定だった。荒川区を中心に取材も進み、そろそろ最終構成にさしかかろうとしていた時、山内局長自殺という事件が大きく報じられた。新聞発表された彼の経歴の中に、「生活保護行政の責任者である「厚生省社会局保護課長」というポストを発見したことが、山内というひとりの官僚へ関心を持つに至ったきっかけである。

彼女に何を聞きたいのか。

テレビに出て夫のことを語る必然性が彼女の側にあるだろうか。

バスに揺られながらそんなことを考えていた。ただ、友人や関係者への取材を通して、山内豊徳という人間に対する自分の興味は日に日に大きくふくらんでいた。

彼はどう生きたのか。

そしてなぜ死んだのか。

そのことを理解する手掛かりを僕は知子さんに求めようとしていた。


この日、僕は山内の遺影の飾られた祭壇の前で、知子さんから、『しかし』と題された一篇の詩を見せてもらった。詩としての評価がどうこうというのではなく、この詩に描かれたひとりの人間の純粋さと喪失への不安に僕は死の匂いを感じた。そして、死へ引き寄せられていった彼の53年間の生を辿ってみたい、と強く思った。

それが1度目の訪問だった。


番組は当初の内容を大幅に変更して、この年の3月12日に『しかし…福祉切り捨ての時代に』というタイトルで放送された。

ドキュメンタリーをつくる時に、弱者と強者、善と悪の色分けをあらかじめしてしまうと、制作者としては楽である。

行政、官僚を悪と決めつけ、善良な市民の側から告発する。企業を悪と決めつけ、消費者の側に寄り添いながら描写する。

このような「安直な図式」に社会をはめこむことで、逆に見えなくなるものがある。山内豊徳というひとりの官僚は、そのことを僕に気づかせてくれた。

彼が『しかし』という一篇の詩にこめた意思と願いは、僕の中にあった官僚という概念を全くくつがえしてしまったのである。こんな人間が高級官僚の中にも存在したのだという驚きと、だからこそ彼は死ななければならなかったのだ、という怒りに似た感情がこの番組をつくり終わったあとに残った。

放送が終わっても、山内という人間の存在は僕の中で少しも薄らいでいかなかった。

番組が10月29日に再放送された時、それを観たあけび書房代表の久保則之さんから「山内のことを本にしてみないか」という連絡をいただいた。知子さんはそのことを快く了解してくれた。それがこの本を書き出すまでの経緯である。

この本は、山内知子さんとの対話に負うところが大きい。彼女は僕に夫とのことを語ることで、彼女自身の〝喪の作業〟をすすめようとしているようだった。彼女の言葉のむこうに、ある時は役所の冷たい機構が垣間見え、またある時はひと組の夫婦の姿が浮かび上がった。

町田の自宅に何度も足を運びながら、僕は知子さんの言葉に耳を傾け、その声を原稿用紙に記していった。

そして一冊の本ができあがった。

僕は今こうしてあとがきを書いている。

山内豊徳というひとりの人間への丸2年の関わりを終えて、僕も知子さん同様、ひとまず彼に〝さよなら〟が言えるような気が少ししている。

1992年11月3日

是枝裕和

**追記** 本文中の人物の肩書き、組織の名称などは1992年12月の単行本刊行当時のものです。

## 出典・参考文献一覧


(1)「環境公害新聞」90年12月12日号
(2)「ヨーロッパ映画作品全集」72年12月10日号、キネマ旬報増刊、60頁
(3)宇井純「水俣病の三十年」(桑原史成著『水俣:終わりなき30年』所収、径書房、86年)161~162頁
(4)川名英之『ドキュメント日本の公害第1巻』(緑風出版、87年)11、22頁
(5)前掲書34頁
(6)宇井純『公害の政治学　水俣病を追って』(三省堂新書、68年)44頁
(7)前掲書56~57頁
(8)原田正純『水俣病』(岩波新書、72年)56頁
(9)『公害の政治学』98~103頁
(10)『ドキュメント日本の公害第1巻』49~53頁
(11)『公害の政治学』154~158頁
(12)川名英之『ドキュメント日本の公害第2巻』(緑風出版、88年)15~16頁
(13)橋本道夫『私史環境行政』(朝日新聞社、88年)99頁
(14)『ドキュメント日本の公害第2巻』82~84頁
(15)前掲書98、131頁
(16)前掲書137頁
(17)前掲書148~149頁
(18)『ドキュメント日本の公害第1巻』74~75頁
(19)前掲書83~89頁
(20)川名英之『ドキュメント日本の公害第4巻』(緑風出版、89年)102~106頁
(21)「参議院公害対策特別委員会会議録」71年8月26日
(22)『ドキュメント日本の公害第2巻』263~267頁
(23)山内豊徳の矢川澄子宛て書簡　81年4月13日付
(24)馬場昇『ミナマタ病三十年・国会からの証言』(エイデル研究所、86年)546~550頁
(25)『ドキュメント日本の公害第4巻』240~247頁。「毎日新聞」71年10月25日付
(26)『ドキュメント日本の公害第4巻』206~209頁
(27)「参議院公害対策及び環境保全特別委員会会議録」78年7月6日
(28)『私史環境行政』301頁
(29)『新地平』84年5月6月合併号57頁
(30)大熊一夫『母をくらないで下さい』(朝日文庫、92年)217頁
(31)『BOX』91年5月号、32頁
(32)「朝日新聞」90年12月20日付
(33)『朝日ジャーナル』86年11月14日号、98頁
(34)「政府刊行物新聞」89年1月20日号
(35)『AERA』90年10月16日号、61頁

## 山内豊徳　年譜

| | | |
|---|---|---|
| 1937年（昭和12） | 1月9日 | 福岡県福岡市野間畑田599番地に、父豊麿、母壽子の長男として生まれる。父は職業軍人だった。 |
| | 11月 | 父の任地である東京都中野区仲町へ移り、そこで幼少期を送る。 |
| 1943年（昭和18）6歳 | 4月 | 福岡市の高宮国民学校へ入学。 |
| 1944年（昭和19）7歳 | 4月 | 父の広島赴任にともない転居。 |
| | 6月3日 | 父、中国へ出征。 |
| 1945年（昭和20）8歳 | 4月 | 福岡へ戻り、福岡市堀川町に住んでいた祖父母とともに暮らす。春吉小学校へ転入。母、山内家を去る。 |
| 1946年（昭和21）9歳 | 4月21日 | 父、上海にて戦病死（陸軍中佐として勲三等を授く）。豊徳は祖父豊太の儒教主義に基づく厳しい家庭教育を受ける。 |
| 1948年（昭和23）11歳 | | 春吉小学校の同級生森部正義氏の影響で詩作を始める。三好達治に傾倒する。 |
| 1949年（昭和24）12歳 | 4月 | 私立西南学院中学へ入学。西南学院がプロテスタント系の学校だったこともあり、『聖書』を愛読。「牧師さん」とあだ名を付けられる。この頃、骨髄炎を患う。 |
| 1952年（昭和27）15歳 | 4月 | 福岡県立修猷館高校へ入学。友人の伊藤正孝氏らとともに文芸部に所属、詩作に没頭する。 |
| 1955年（昭和30）18歳 | 2月24日 | 祖父豊太、病没。 |
| | 3月 | 同校卒業。この年、成績優秀者に贈られる修猷館賞を受賞。 |
| | 4月 | 東京大学教養学部文科Ⅰ類へ入学。上京して世田谷区代田に下宿、小説家を志す。この翌年から「東京大学学生新聞」は五月祭を記念して小説を公募。山内は毎年応募を繰り返すが、落選。 |
| 1959年（昭和34）22歳 | 3月 | 東京大学法学部（第2類公法コース）卒業。 |

| | | |
|---|---|---|
| | 4月1日 | 厚生省入省（上級公務員試験の席次は99名中2番）。医務局総務課へ配属される。 |
| 1961年（昭和36）24歳 | 12月 | 社会局更生課へ（身体障害者の保護更生に携わる） |
| 1963年（昭和38）26歳 | 8月 | 社会局保護課へ（生活保護行政に携わる） |
| 1966年（昭和41）29歳 | 8月 | 環境衛生局環境衛生課へ。公害課課長補佐を併任、公害課長橋本道夫氏らとともに、「公害対策基本法」作りに取り組む。 |
| | 12月28日 | 厚生省の上司、新谷鐵郎氏の紹介で、高橋知子と見合い。 |
| 1967年（昭和42）30歳 | 6月 | 公害部公害課に所属（併任）。この頃、激務から骨髄炎を再発。 |
| | 8月3日 | 「公害対策基本法」公布、施行。 |
| 1968年（昭和43）31歳 | 3月10日 | 知子の実家のある沼津で挙式、結婚（知子26歳）。 |
| | 5月1日 | 埼玉県に民生部福祉課長として出向。浦和市（現さいたま市）別所沼に転居。老人福祉、障害者福祉に積極的に取り組む。 |
| 1969年（昭和44）32歳 | 6月19日 | 長女、知香子誕生。 |
| 1970年（昭和45）33歳 | 10日1日 | 同和対策室新設、室長に山内が就任（併任）。 |
| 1971年（昭和46）34歳 | 5月1日 | 厚生省へ帰任。年金局年金課へ課長補佐として配属。世田谷区上用賀の公務員住宅に転居。 |
| | 7月1日 | 環境庁発足。 |
| 1972年（昭和47）35歳 | 4月27日 | 次女、美香子誕生。 |
| 1973年（昭和48）36歳 | 7月27日 | 厚生大臣（齋藤邦吉）秘書官事務取扱に就任。この年、大臣に陳情に来た『てんかん協会』の松友了氏と出会い、てんかん患者救済に個人的に尽力。 |
| 1974年（昭和49）37歳 | 6月11日 | 年金局資金課長に就任。 |
| 1975年（昭和50）38歳 | 5月6日 | 児童家庭局障害福祉課長に就任。 |

| | | |
|---|---|---|
| 1977年（昭和52）40歳 | 8月23日 | 社会局施設課長に就任。 |
| 1979年（昭和54）42歳 | 1月23日 | 社会局保護課長に就任。生活保護行政に再び携わる。 |
| | 7月6日 | 環境衛生局企画課長に就任。 |
| | 9月 | 福祉行政への考察をまとめた『明日の社会福祉施設を考えるための20章』を出版（中央法規出版）。 |
| 1980年（昭和55）43歳 | 10月 | 福祉新聞にアリス・ヨハンソンの名で『福祉の国のアリス』連載を開始。連載は好評で、丸2年続けられた。 |
| 1981年（昭和56）44歳 | 8月26日 | 医務局総務課長に就任。 |
| 1982年（昭和57）45歳 | 8月27日 | 大臣官房人事課長に就任。 |
| 1985年（昭和60）48歳 | 7月 | 『福祉のしごとを考える』出版（中央法規出版）。 |
| | 9月 | 大臣官房審議官に就任（年金担当）。 |
| 1986年（昭和61）49歳 | 9月5日 | 厚生省から環境庁へ出向、長官官房長に就任（長官は稲村利幸）。 |
| 1987年（昭和62）50歳 | 3月29日 | 町田市薬師台に転居。 |
| | 9月25日 | 自然保護局長に就任。沖縄県石垣島白保の新空港建設問題、長良川河口堰建設問題等に取り組む。 |
| 1990年（平成2）53歳 | 2月 | 北川石松環境庁長官に就任。 |
| | 7月10日 | 企画調整局長に就任。地球環境問題に取り組む。 |
| | 8月27日 | 気候変動に関する政府間パネル（IPCC）第4回全体会合に首席代表として参加（～30日、スウェーデン）。 |
| | 9月28日 | 水俣病東京訴訟について東京地裁から和解勧告。 |
| | 11月30日 | 北川長官の水俣視察決定（12月5日、6日）。 |
| | 12月5日 | 急逝。享年53歳。<br>同日付、正四位勲三等旭日中綬章を授く。 |

年譜作成にあたっては特に、山内知子さん、伊藤正孝さんに御協力いただきました。

# 文庫版のためのあとがき

山内豊徳というひとりの官僚について取材をし、1本のドキュメンタリー番組を作ってから10年の歳月が過ぎた。『しかし…福祉切り捨ての時代に』というタイトルで深夜にひっそりと放送されたその番組は、僕が初めて自ら企画し、取材から編集までをひとりで行ったものである。直接面識は無かったにもかかわらず、その後経験したどの取材よりも山内豊徳という人間は僕の中に強く、深く残っている。しかし、それは必ずしもその番組がデビュー作だったという理由からではない。それは恐らく、彼の取材を通して僕自身が発見した事柄の質、もっと言えば彼を経たことによって起こされた自己変革の深度によるものに違いない。

取材をするとはいったいどういうことなのか？　山内さんについての番組を制作していた当時、ディレクター経験のほとんど無かった僕は、取材するという行為の意義を正直つかみかねていた。今もつかみ切れてはいない。仕事として割り切ることも出来ず、社会正義や使命感を後ろ盾にすることにも強い違和感を抱いていた僕は、果たしてカメラを向ける権利が僕にあるのか？　カメラの前に身を晒す義務が彼らにあるのか？　という自問自答の中で、取材という行為がそれ自体本質的に内包している暴力性に恐れおののいていた。

　しかし、山内さんを取材し、彼の残した詩作や論文に触れていくにつれ、僕は取材対象である彼に対しある種の強烈なシンパシーを感じるようになっていった。まだ20代だった僕が、53歳のエリート官僚のどこに共感し、共振したのか？　そのひとつは彼が否応なく抱え込んでいた焦燥感だった。強迫観念のような形で文章のはしばしに表現される前のめりの感情の切実さに僕は死の匂いを感じた。今にして思えばそれは錯覚だったかも知れないのだが、僕はその時自分の中にも彼と同じ匂いのする焦燥を確かに感じていたのである。それは、はじめての体験だった。ペンを執《と》り、山内豊徳という人間を、そしてひと組の夫婦の軌跡を、ノンフィクションという形で文章にし始めた時、そのシンクロニシティへの自覚から、これは自分にしか書くことの出来ない対象であると僕は確信していた。

　出来上がった13章からなるこの書物には、20代の僕がその時感じていた怒りや、その他諸々の感情が前のめりに刻まれている。それは山内さんの肉体と精神を借りた僕の自己表現だったと言ってもいい。この時僕は、取材とは、取材対象を鏡にしてそこに映し出される自らの姿を記述していく行為なのだということに気づいた。

それはねらって出来るわけでなく、いつでも出来るわけでもなく、気が付くと僕の中でもう一つの心臓が静かに音を刻んでいるといった類のものである。それは偶然に左右される出会いではあるが、結果として起きた共振は常に必然であると言っていい。そういった関係を取材対象と結べたものこそが、作品としての力を持ち得るのだということもこの時知った。これが彼の取材を通して得た、ひとつ目の発見である。取材とは自己発見していく為の方法なのだという気づきが、その後僕をドキュメンタリーというジャンルへ惹きつけていく大きな要因となった。

ふたつ目の発見は彼が生前に残した福祉についての数多くの論文の中にあった。彼は福祉の現場を支配している精神主義に繰り返し警鐘を鳴らしていた。福祉の現場で働くケースワーカーたちに〝人格高潔〟〝思慮円熟〟といった徳義を要求することが逆に職業における技術の軽視につながっていないか。ケースワーカー自らの人生観や価値観を独善的に押しつける姿勢は、結果的に対象者の自立助長を妨げるのではないか。内部告発ともいえる彼のこの言葉は重く、響いた。これは福祉の現場に限ったことではなく、医療、教育、警察といったいわゆる聖職と呼ばれて来た類の職業についても同様にあてはまる指摘だろう。そして、その点を技術ではなく精神主義や人の善性に頼って来た結果、その神話が崩壊した後、すべてが立ち行かなくなっているというのが今の日本社会の現状であるのだろう。その点において山内さんの指摘は非常に先見的であったと言っていい。

そして僕が関わっている映像メディアを振り返って考えてみても、まさしく同様のことが言えるのだと気づかざるを得ない。メディアは「社会正義」といった抽象的な概念と客観性という名の無責任な無著名性言語の影に身を隠して、自らは第三者的な安全地帯から社会や時代を批判する。当事者意識の無いそのもの言いが本当にメディアの果たすべき役割なのだろうか？　その「正義」は観る者自身の思考を逆に妨げてはいないだろうか？　伝える側が自らの価値観を検証することなく押しつけようとする態度からは、受け手との間での健全なコミュニケーションは育っていかない。たとえその人が伝えようと思っているのが平和や民主主義であったとしても、そこに自らを反映した形での揺らぎが存在しなければ、そんなものは信仰に過ぎない。そこから生み出されるのはプロパガンダとしての映像であり、そのやりとりからは決して発見は生まれない。どうしたらカビの生えた精神主義から脱却し、技術に裏打ちされた対象との健全な関わりが実現できるのか？　その課題を考えるヒントが彼の著作の中には山ほどある。それをメディアという職場で考えていくことが僕自身の職業人としての緊急の課題だ。

番組を完成し、ノンフィクションを書き上げたあともずっと考えていたのは、山内豊徳という人間は、加害者だったのだろうか、被害者だったのだろうか、というひとつの問いについてだった。福祉にとっての理想主義が経済優先の現実主義に圧倒されていく、その下降線の時代を山内さんは必死で生きようとしたのだと思う。高級官僚としてその下降に立ち会ったという責任においては彼はやはり加害者側の人間だったと言わざるを得ないし、又同時に時代の被害者だったとも言えるような気がする。彼はそのふたつのベクトルに引き裂かれながらアイデンティティの二重性を生きたのだろうと思う。少なくとも彼は自らの加害者性というものを痛みとともに鋭く認識していたはずである。それは彼が出した結論からも推測できる。しかし、これは彼に限ったことではなく、今という時代にこの日本という国で生きていくということは否応なくこの二重性を背負わざるを得ないということを意味している。そう僕は思っている。ただ多くの人はこの内なる加害者性と向き合うことが辛くて、眼をそらしているに過ぎない。

この、二重性を生きているという自覚こそが、そしてそこに開き直るのではなく、そこから出発する覚悟が私たちに求められているのだろうと、今僕は思っている。それは取材から10年を経てようやく最近辿り着いた認識である。恐らく僕が今も山内さんに惹かれているのは、ひとつ目の発見として記した〝自分に似ている〟といった感傷的な思い入れではなく、この〝二重性を生きる〟という現代人の姿を最も身近に、最も具体的に、彼が体現していたからに違いない。その認識に辿り着いたことで、僕は山内豊徳という存在への関心を以前にも増して深めている。そして――その辛い自己認識から眼をそらすことなく、私たちはその二重性と向き合う態度を身につけなければならない。その生を、私たちはある覚悟を持って生きなければならない。それが、山内さんの人生から唯一アンチテーゼとして発見した答えである。

この本の読者のみなさんが、僕と同じように山内豊徳というひとりの人間の生と死に触れることを通して、自らと自らの職業の関係について、その場での技術の磨き方について、そしてこの時代との向き合い方について、思考を深めていくきっかけになっていただければ幸いである。僕自身は彼の人生を繰り返し辿ることで、様々な発見をし、思考を深めている。僕の中で山内豊徳に対する取材は形を変えながら今もまだ続いているのだ。

２００１年５月１日

是枝裕和

# 解説――共振する「しかし」

想田和弘《そうだかずひろ》

本書は1992年に『しかし… ある福祉高級官僚 死への軌跡』という題名で出版された。2001年には『官僚はなぜ死を選んだのか 現実と理想の間で』と改題され、文庫版が出された。そして今回、再び文庫として復刻された。一人の高級官僚が死を選ぶにいたるまでの軌跡を追った、20年以上前に書かれたノンフィクションが、なぜ、いま、再出版されるのか。

その狙いは、本書を一読すれば明らかであろう。

この本で描かれた「日本政府と水俣病とチッソと患者」の関係を追っていくと、奇妙な既視感にとらわれる。「日本政府と福島原発事故と東京電力と被災者」の関係を思い起こさずにはいられないのである。

実際、「水俣」と「福島」の構図は、吐き気をもよおすほどよく似ている。私たちが構成する日本社会は、「水俣」からは何も学ばなかったし、「水俣」のことは忘れた。だからこそ、私たちは「福島」を防げなかったとも言えるのだ。

その手痛い事実を、本書は過去から鋭く照射する。「3・11後」の世界に生きる私たちは、それが照らし出す相似性に絶句せざるをえない。自分が書いた昔の日記を読んで、あまりに進歩しない我が身に言葉を失うように。

とはいえ、著者の是枝裕和はこの本を書いた時点では20年後に福島事故が起きることなど知らない。本書が読者に「福島」を想起させるのは、著者の意図をはるかに超えた、いわば副産物である。

いや、彼が結果的に描出するにいたった「水俣」や「福祉行政」の構図ですら、是枝にとっては副産物だった。つまり是枝は、「水俣」や「福祉行政」に強い関心はあるにせよ、その問題を描くためにこの本を書いたわけではない。彼はあくまでも、山内豊徳というひとりの人間に対する関心に強烈に引っぱられる形で、この本を前のめりに書かざるをえなくなったのだ。

是枝が山内豊徳という存在に出会ったのは、彼が生まれて初めて企画・演出を担ったテレビ・ドキュメンタリー番組『しかし…福祉切り捨ての時代に』(1991年、フジテレビ)の取材を進めていた時期である。

本書単行本の「あとがき」によれば、彼は当初「生活保護の現状と問題点を描く」目的で90年11月から撮影をスタートしていた。そして生活保護を受けられずに焼身自殺した元ホステスを中心的な材料として取り上げ、切り捨てられる福祉行政の不条理を告発する予定だった。是枝はとあるインタビューで次のように述懐している。

切り捨てられた「社会的弱者」と、お役所という「悪者」。その二元論で番組をつくろうとした。（新鐘74　早稲田に聞け！）

先に「言いたいこと」やテーマがあり、それを浮き彫りにするためにネタを集めていく。告発型・予定調和型ドキュメンタリーの典型的な作り方である。やや厳しい言い方をすると、もし是枝が山内に出会わず、当初の予定通りに番組を仕上げていたならば、どこにでもみられる凡庸な作品に終わった可能性が高い。無論、この本も書かれることはなかった。

ところが、だ。

是枝は91年1月10日、一か月前に自ら命を絶ったばかりの山内に、突然出会ってしまった。本書でも繰り返し引用される、山内が残した『しかし』という一篇の詩を通じて。そこには、「水俣病患者を苦しめる冷酷非道な官僚」という紋切り型から横溢《おういつ》する「人間」の姿の断片があり、是枝は自らの人間観や世の中の見方を激しく揺さぶられる。

行政、官僚を悪と決めつけ、善良な市民の側から告発する。（略）このような「安直な図式」に社会をはめこむことで、逆に見えなくなるものがある。山内豊徳というひとりの官僚は、そのことを僕に気づかせてくれた。彼が『しかし』という一篇の詩にこめた意志と願いは、僕の中にあった官僚という概念を全くくつがえしてしまったのである。（「あとがき（単行本）」）

ここからの是枝が凄い。

彼は番組製作のプロセスが「最終構成にさしかかろうとしていた」にもかかわらず、「内容を大幅に変更」して、山内についての取材を進めていく。そして結局、元ホステスの自殺事件に加えて、山内の人物像と彼が死にいたるまでのプロセスを番組の中心に据えてしまう。

番組が91年3月12日に放送されていることを考えれば、いわば土壇場での思い切った方向転換である。普通は怖くてできるものではない。生まれて初めて演出を手がける新米ディレクターなら、なおさらだ。たとえ「自らの世界観さえも揺さぶる存在に取材中に出くわす」という、天から降りて来たような〝アクシデント〟に見舞われたとしても、怖じ気づいて「何も起きなかったふり」をする作り手も多いのではないか。なぜなら、自らの世界観を根本から問い直すなどというリスキーな冒険に踏み出すよりも、当初の予定通りに番組を仕上げて「納品」する方が、はるかに無難で安全で楽な道だからだ。

かつてテレビ・ドキュメンタリーを作っていた僕自身の経験に照らして言うならば、そのような安全策を採るときには、自分に対する言い訳はいくらでもみつかるものだ。「下手すると構成がぐちゃぐちゃになるかもしれない」「今から作り替えてしまったらオンエアに間に合わない」「もう少し早く出会っていたら番組に盛り込んでいたのに」などなど……。そして、そうした言い訳をして「不戦敗」を続けているうちに、仕事を右から左へとこなすだけのテレビ屋に堕落していくのだ。
だが、普通ではない新米ドキュメンタリストである是枝は、山内との運命的な出会いを無視しなかった。むしろ出会いを自らの価値観を問い直す契機とし、番組の構成を引っくり返して一から練り直した。そうして完成した作品『しかし…福祉切り捨ての時代に』は、デビュー作ながら、見事ギャラクシー賞を受賞したのである。

とはいえ、この番組は構成的には難点がある。決して「上手い番組」とはいえない。2009年、ニューヨークのBAMシネマテークで開かれた「是枝裕和レトロスペクティブ」で予備知識無しにそれを観たとき、僕はひとつの疑問を抱かざるをえなかった。

「是枝さんは、なぜ官僚の話と元ホステスの話を組み合わせようと思ったんだろう?」

なぜなら、二つの話の組み合わせは、どこか木に竹を接《つ》いだような不自然な印象だったからだ。敢えて偉そうに言うならば、元ホステスの話は思い切って割愛し、山内豊徳の物語だけに集中した方が強い作品になるように感じたのである。

どうして是枝はそうしなかったのか?

製作の経緯を知った今、僕はその理由を推し量ることができる。さすがの是枝といえども、おそらく当初の予定から完全に自由になることはできず、方向転換しきれなかったのだ。是枝の山内に対する関心と思いは、いわば時間切れの「不完全燃焼」に終わったのである。

しかしその不完全燃焼は、是枝をして本書の執筆に向かわせる。番組が出来上がり放送が終わった後でも、是枝は山内に〝さよなら〟できず、山内の存在は是枝の体内で燻《くすぶ》り続けた。そして是枝は、それを何らかの形で燃焼し切らねばならなかった。

放送が終わっても、山内という人間の存在は僕の中で少しも薄らいでいかなかった。

番組が10月29日に再放送された時、それを観たあけび書房代表の久保則之さんから「山内のことを本にしてみないか」という連絡をいただいた。（略）

町田の自宅に何度も足を運びながら、僕は知子さんの言葉に耳を傾け、その声を原稿用紙に記していった。

そして一冊の本ができあがった。

僕は今こうしてあとがきを書いている。

山内豊徳というひとりの人間への丸2年の関わりを終えて、僕も知子さん同様、ひとまず彼に〝さよなら〟が言えるような気が少ししている。

（「あとがき（単行本）」）

本書で是枝は、山内の生い立ちにまでさかのぼり、彼が書き残した膨大な量の手紙や詩、エッセイ、論文などをくまなく分析していく。また、知子夫人をはじめとする様々な関係者への聞き取り取材を、心置きなく積み重ねていく。活字メディアには厳格な締め切りや分量の制限がない分、じっくりと腰を据えて取り組めたのであろう。

**ジェロー**：番組をつくる、つまり映像をつくることと、本を書くことの関係性や、違いについてはどう思われましたでしょうか。どうして本を書くことを決めたのでしょうか。

**是枝**：うーん（考えこむ）。いくつか理由はあるんですけど、元々ね、書くこと好きなんですよ。僕の映像の構成ってやっぱり活字の文章構成がベースになってるみたい。自分でそれは映像作家としては弱点だと思っているんですけど。番組作った時に、47分10秒の中では山内さんについては言及しきれなかったなあというのが、あまりに大きかったんで、これは何らかの形できちんとまとめたいという気持ちがあった。それには活字が1番いいだろうと思っていた所へそういう話が来まして、まず時間的な制約が超えられるというのが1つ。

（山形国際ドキュメンタリー映画祭　Docbox　#13）

丹念な取材と豊富な証拠に基づく、精密で正確で落ち着いた筆致は、山内豊徳という人物を活き活きと立体的に描き出す。その読後感は、上質な小説か劇映画のそれに似ていて、読者はあたかも山内豊徳と実際に知り合い、彼の心の中を覗き観たような感触が残る。是枝の手による「山内豊徳」像は、フィクションとノンフィクションの区別を越えた「表現」に昇華されている。

是枝裕和は後に、ドキュメンタリーとフィクションの手法を融合させた独特の手法の映画作品で世界的に名が知られていくわけだが、その片鱗は既に本書で示されていたのである。

**是枝**：書くって、とにかくノンフィクションだろうがフィクションだろうが、フィクションなんだな、ということを書いてみて思った（笑）。もちろん資料に照らし合わせながら、奥さんの話を聞きながら、会話を再現してノンフィクションを書いているつもりなんだけど、やっぱりそこには、自分の紡ぎたい物語というのが入ってくる。だから、ドキュメンタリーという題材の向こうに自分の物語を紡いでしまう自分というのは一体何だろうって思いますよね。

（山形国際ドキュメンタリー映画祭　Docbox #13）

では、なぜ是枝裕和は、実際に会ったこともない山内豊徳に、これほどまでに執着しのめり込んだのか。その答えは、彼が01年の文庫版に寄せた「あとがき」に示されている。

山内さんを取材し、彼の残した詩作や論文に触れていくにつれ、僕は取材対象である彼に対しある種の強烈なシンパシーを感じるようになっていった。まだ20代だった僕が、53歳のエリート官僚のどこに共感し、共振したのか？　そのひとつは彼が否応なく抱え込んでいた焦燥感だった。強迫観念のような形で文章のはしばしに表現される前のめりの感情の切実さに僕は死の匂いを感じた。今にして思えばそれは錯覚だったかも知れないのだが、僕はその時自分の中にも彼と同じ匂いのする焦燥を確かに感じていたのである。（略）

出来上がった13章からなるこの書物には、20代の僕がその時感じていた怒りや、その他諸々の感情が前のめりに刻まれている。それは山内さんの肉体と精神を借りた僕の自己表現だったと言ってもいい。この時僕は、取材とは、取材対象を鏡にしてそこに映し出される自らの姿を記述していく行為なのだということに気づいた。それはねらって出来るわけでなく、いつでも出来るわけでもなく、気が付くと僕の中でもう一つの心臓が静かに音を刻んでいるといった類のものである。それは偶然に左右される出会いではあるが、結果として起きた共振は常に必然であると言っていい。そういった関係を取材対象と結べたものこそが、作品としての力を持ち得るのだということもこの時知った。これが彼の取材を通して得た、ひとつ目の発見である。取材とは自己発見していく為の方法なのだという気づきが、その後僕をドキュメンタリーというジャンルへ惹きつけていく大きな要因となった。

先述した通り、是枝が山内という存在に出会ったとき、彼はそれを無視して当初の構成で番組を完成させることも充分に可能だった。そして普通に考えれば、その方が楽で無難な道だった。

だが、彼はその道を選ばなかった。山内が「しかし」と詩に書いたごとく、是枝も「しかし」と口に出し、番組を一から作り直した。

いや、そもそも是枝が『しかし…福祉切り捨ての時代に』という番組を作ること自体、テレビ製作の現場にはびこる現実と理想のギャップに抗う、「しかし」的な行動であったはずだ。

前掲の山形映画祭インタビューによれば、「映像のそばで働きたい」と考えてテレビマンユニオンに80年代後半に就職した是枝は、そこで「やられた！」という感じを覚えた。60年代に作られた実験精神溢《あふ》れるテレビ・ドキュメンタリーに憧れていた是枝だが、80年代後半のテレビ界では、「株式会社的な利潤追求」の活動ばかりが目につき、作られている番組も面白いとは思えなかったのだ。アシスタント・ディレクター（AD）として毎日先輩から怒鳴られながら、「どんどん自分が枯れてく、乾いてくような感覚」に冒された彼は、「このまま現場にいて果たして演出家として何か成長できるんだろうか」という疑問を抱かざるをえなかったという。

この頃の是枝が直面したジレンマ。それは、福祉行政に熱意を燃やしながらも、国の立場を代弁せざるをえずに苦しみ、ついには死を選ぶしかなかった山内豊德のジレンマと、重なるようなものではなかったか。

しかし是枝は、もちろん死を選んだりはせず、職場以外の場所に活路を見出す。会社には内緒で、自由な気風が残っていたフジテレビの「NONFIX」という番組枠に、『しかし…』の企画を持ち込んだのだ。その選択は、是枝いわく「抵抗」というよりも「逃げ」ではあった。だがそれは、現実に流されることなく、「自分自身の生き方、自分自身の論理に忠実に生きよう」とする試みでもあったはずだ。

**是枝**：抵抗っていうとかっこいいけど、まあ逃げちゃったわけですよね。本当は自分がADとして関わった番組を面白くしていこう、と思える人の方がえらいと思うけど、僕は逃げちゃったんです。だから会社の番組は仕事としてある程度つきあいながら、自分で作るという方へすっと向いちゃったものですから。卑怯なやり方と言えば、卑怯なんですけど。

（山形国際ドキュメンタリー映画祭 Docbox #13）

「逃げ場」を見出せた是枝は、「逃げ場」を見出せずに死んでいった山内の人生に、自らを投影しながら番組を作り、本書を執筆した。そしてその過程で、山内の生き方を記述することが、すなわち自分の生き方を記述することであることを「発見」したのである。

「あとがき」に寄せた文章には、是枝が考える「ドキュメンタリーとは何か」「表現とは何か」の核心が記されているように思う。表現者としての是枝裕和の大切な礎は、本書を書くための格闘のプロセスの中で形成されたと言えるのではないだろうか。

是枝が喝破したように、あらゆるドキュメンタリー、もしくはノンフィクションは、多かれ少なかれ、他人の「肉体と精神」を借りた自己表現である。事実、僕がいま書き終えようとしているこのささやかな「解説」ですら、それを書くに当たって僕が拠り所にしたのは、是枝の中に見出した「自分と同じ匂い」だ。そういう意味では、本稿は僭越ながら是枝裕和という存在を借りて行った僕自身の自己表現なのであり、そこには「山内を記述することで自己表現をする是枝を記述することで自己表現する想田」という、回りくどくも幸福な入れ子構造があることを認めざるをえない。

そういう「大事なこと」に、是枝裕和はデビュー作となる番組と本を作ることで早くも気づいた。そしてその気づきは、彼が「しかし」という言葉を発して「現実」に抗い、果敢に自らの世界観の揺らぎと向き合い、格闘することで、初めて生まれえたものなのである。

その捨て身の格闘の副産物として20年前に抽出された「水俣」の構図は、21世紀に生きる私たちに否応なく「福島」を想起させ、震撼させる。本書が全く古くならないばかりか、現代の日本に必要とされ、文庫として復活する事実に、著者の是枝もあの世の山内も、きっと複雑な思いを抱いているのではないだろうか。

（映画作家）

この作品は、1992年12月にあけび書房より刊行された『しかし…』を改題し、
2001年6月に日本経済新聞社より刊行された『官僚はなぜ死を選んだのか』を
もとに加筆・修正したものである。

著者紹介

**是枝裕和**（これえだ　ひろかず）

映画監督、テレビディレクター。1962年、東京生まれ。87年に早稲田大学第一文学部文芸学科卒業後、テレビマンユニオンに参加。主にドキュメンタリー番組の演出を手掛ける。95年、初監督映画『幻の光』がヴェネツィア国際映画祭で金のオゼッラ賞受賞。2004年、『誰も知らない』がカンヌ国際映画祭史上最年少の最優秀男優賞（柳楽優弥）受賞。その他の監督作品に、『ワンダフルライフ』（98）、『花よりもなほ』（06）、『歩いても 歩いても』（08）、『空気人形』（09）、『奇跡』（11）などがある。12年、初の連続ドラマ『ゴーイング マイ ホーム』（関西テレビ・フジテレビ系）で全話脚本・演出・編集を手掛ける。13年公開の福山雅治主演『そして父になる』は、第66回カンヌ国際映画祭審査員賞受賞し話題となる。

---

ＰＨＰ文庫　雲は答えなかった
高級官僚 その生と死

2014年3月19日　第1版第1刷

著　者　是枝裕和
発行者　小林成彦
発行所　株式会社ＰＨＰ研究所
東京本部　〒102-8331 千代田区一番町21
文庫出版部　☎03-3239-6259（編集）
普及一部　☎03-3239-6233（販売）
京都本部　〒601-8411 京都市南区西九条北ノ内町11
PHP INTERFACE　http://www.php.co.jp/
組　版　朝日メディアインターナショナル株式会社
印刷所
製本所　図書印刷株式会社



落丁・乱丁本の場合は弊社制作管理部（☎03-3239-6226）へご連絡下さい。

送料弊社負担にてお取り替えいたします。

ISBN978-4-569-76155-8

PHP文庫好評既刊

# 日本史の謎は「地形」で解ける

竹村公太郎 著

なぜ頼朝は狭く小さな鎌倉に幕府を開いたか、なぜ信長は比叡山を焼き討ちしたか……日本史の謎を「地形」という切り口から解き明かす！

定価 本体七四三円（税別）

# 目に見えないけれど大切なもの

あなたの心に安らぎと強さを

渡辺和子 著

どうしようもなく心が波立つ日、人生にポッカリ穴があいたように感じる時、あなたを支える言葉がここにあります。愛と励ましの随筆集。

定価 本体五一四円（税別）

PHP文庫好評既刊

# 子どもが育つ魔法の言葉

ドロシー・ロー・ノルト、レイチャル・ハリス 共著／石井千春 訳

認めてあげれば、子どもは自分が好きになる。——世界37カ国の親たちを励ました、個性豊かで挫けない子どもを育てるための知恵と言葉。

定価 本体五五二円（税別）

PHP文庫好評既刊

# 感動する！数学

桜井 進 著

「数学は宇宙共通の言語」「ドラえもんはアインシュタインだった！」など、ワクワクする内容が盛り沢山の、数学を思いっきり楽しむ本。

定価 本体六一九円（税別）

PHP文庫好評既刊

# 戦略課長

竹内謙礼／青木寿幸 著

銀行から出向してきたロボットの取締役と新規事業を任された美穂。二人は無事に事業を成功させられるのか？ おもしろ過ぎる投資学の本。

定価 本体七六二円（税別）